私　奔　去　远　方

自序

喝了很多杯茉莉花茶，晒了好几天深秋午后暖暖的太阳，终于可以开始写这篇序了。

我在读书的时候，并不算是个好学生。上课经常走神，一半时间在胡思乱想，一半时间在乱涂乱画。那时我有一本专门乱写的小本子，一到上课就在上面"搞创作"。所以，在我的成绩单上，语文和美术常常名列前茅，而可怜的数学只要不是红色的就已经谢天谢地了。小时候的作文成绩并不能证明我的写作水准，但起码给了我鼓励。所以，有一天《完全生活手册》的春艳对我说："你来我们报纸开个专栏吧！"我就兴高采烈地答应了，一点都没有新手该有的矜持。

这本书里的大多数文章，都曾在专栏里发表过。专栏的名字叫"自得其乐"，目的是鼓励自己和别人，即使我们的生活如同嚼蜡，也要想办法嚼出快乐来，然后享受它！这个专栏我写得很开心，因为编辑给了我自由涂鸦的空间，而我也可以用文字的方式整理自己常常乱七八糟的思绪。

从来没有想过，有一天它们会变成一本书。我写的这些东西与其说是随笔、散文之类，还不如说它们是些琐碎、私人化的记录。对于我来说它们是人生某一段的轨迹，对别人可能毫无意义。所以，当出版社的小张向我邀书稿的时候，我犹豫了很久。我问小张："你看我的这些东西又没有什么文学价值，用作出版会不会有些浪费纸张？"结果小张说："那我们可以用环保的再生纸。"

没有用"自得其乐"作为书名，是因为朋友们都说"私奔去远方"更像我。我不清楚他们为什么会用"像我"来形容。"私奔去远方"是长期潜伏在我内心的一种欲望，它就像我的哮喘总是突然袭来，令我心潮澎湃，让我痛苦不堪。想要私奔去远方的原因，不是因为生活在别处，而是内心对于停滞、束缚、驯服、麻木、无趣的强烈恐惧。这个欲望我自以为隐藏得很好，现在看来早已尽人皆知。特别是看了范立写的序更觉胆战心惊，老男人的目光不得不用毒辣二字形容！又或许，这个欲望并非我独有。有人用身体去实践，有人用精神去实践，有人把它放在梦里，还有人把它锁在了心里。所以，在嬉笑之间，彼此早已了然于心。

如果没有意外，这本书应该会在冬天现身。冬天是我喜欢的季节，有长长的假期，可以出远门，也可以躲在家喝茶晒太阳。今年的冬天除了惬意之外，我想还会变得有趣。有朋友说，文字里的我更接近真实的我。有机会让喜欢或讨厌我的人，通过这本书认识一下我的真面目，应该是件有意思的事。

真高兴，我把人生中的第一篇序，献给了我自己！

我眼中的周"美眉"

文／林海

　　很受宠若惊。在我忙得昏天黑地的时候，"美眉"周瑾向我约稿，而且是为她的新书写篇序。这种向来属于领导，或德高望众的老同志的荣誉一下子降临到我头上，很让我有些诚惶诚恐。担心写不好，会让小周同志和大家失望。但是，当我鼓起十二万分的勇气准备落笔时，又不知该写点什么。大篇的高谈阔论，谈谈小周的文风，显然不是我所擅长的；很小资地发点无病呻吟的感慨，也显得做作。而且浪费版面。最终，还是决定写点我对小周"美眉"的感觉。很多话当着她的面不好说，就在这里写给她和喜欢她的朋友。

　　小周在我眼里，绝算不上美女。这一点相信大家都会认同。但是，她绝对有特点。比如那双一笑成线的"眯眯眼"（听说她的FANS还成立了一个眯眯眼同盟），比如那常常躬着的背（估计"虾米"这个绰号就是这么来的）。但这都是外部特征，属于爹妈给的。就像我一样，一双永远睡不醒的眼睛，先天缺陷得很。可是，我之所以能和小周美眉最终成为朋友，我想是因为我们都是后天挺努力的人。

　　别看她平时嘻嘻哈哈，一副时尚一族的劲儿，可是，我感觉从内心世界来说，她应该是一个更偏向传统的女孩。如果，你读过她写的那些文字，你会看到她能从生活的点点滴滴入手，进而写出些人生的小哲理。细腻、感性，而且很有中国传统教育的色彩在其中。这和她平时留给观众的印象应该是差别较大的。

　　私底下，知道她很爱看书，很爱旅行。没事的时候，她会一个人在家像只"虾米"一样蜷缩一天，沉浸在书香中。如果有一段长时间的休闲时光，她会毫不犹豫地背上行囊，走向远方。这是至今都令我羡慕的生活状态。至少，她保留了一份属于自己的自由，而没有成为工作的奴隶。也正是书海和旅途的浸润，才让她的思维更加活跃，让她的视角更加开阔。

　　在上海的银屏上，周美眉不是漂亮的，也不是人气最旺的，但我相信，她应该是可以走得比较远的。这得益于她开朗的个性，细腻的心思和不断前行的脚步。很高兴有这样一个工作伙伴，也很高兴有她这样一个朋友！

躲在内心的私奔女愤青

文 / 范立

其实认识周瑾不算很久，和她的交往也是淡淡的。如果没有《非常娱乐》这个节目的缘分，恐怕我们还不会比现在了解得更多。因此，当我刚刚从拉萨回到上海，还没有从时空错乱中惊醒的时候，接到她的电话，托我写序，并轻飘飘地说，这如同上厕所那么简单。我顿时有点茫然。

没有烟抽的日子对于抽烟的人来说是难熬的，没有旅行和梦想的人生对于虾米来说也一定是不如自杀来得有趣。虽然总是在旁边观察，从来没有和她深入地谈心，但是我看得出她绝对不是王安忆笔下的"淮海路女孩"。也许她还是会看那些小资们人手一本的小说，还有文艺电影，但是我觉得她骨子里属于梦想的荒野，她是一个有主见的野孩子。

她基本上是那种很早就确立了人生观的女孩，完全在日常生活细节里按照自己梦想的田园规划来选择自己的所有言行。也因此，她的反应是极快的，完全是当下的那种，这在节目里和曹峻无数的交锋中早就为人熟悉。但是从她的文笔中我们却看到了很多温馨的小细节、小动物，她完全和这个世界时刻对话着，发自内心，细腻委婉，笔锋虽平但暗中的构思却也精巧。更可贵的是，表面的文风似乎跟进当下的小女人随笔，平淡却有致，小处着眼，大处发挥，点到为止，但是她所发挥的却不是小女人的琐碎哀叹，而是有自己野性烙印的联想。基本上，她的笔下都是和个性有关，都和另类的出逃相连，只是女人的天性，为之包裹上了一层温情柔软的外衣罢了。

她是柔软的虾米，她的灵魂在现实冰冷的海水中一直弓着腰，为的是保护那一小方梦想的温度。

她是坚硬的虾米，哪怕晒成虾干，她也要定时私奔出城市，去呼吸野外的空气。

她是会变色的虾米，为了生存，她可以妥协，但是她的不妥协和愤青本色总是在一问一答中偶露锋芒。

我期待着更多次，能够在无意中接到她的电话。如同那次一样，她在电话那头快乐而懒散地说："我现在正在喀什的小肥羊总店。"她的语气会刺激我麻木的神经，勾引起我从城市中私奔出逃的欲望。

但愿所有的读者和我一样，因为人生一世，不尝试一下私奔的滋味岂不是太亏了？

可爱的谜

文 / 曹峻

认识周瑾，于我的生命是一场奇缘。

我们也曾有过温柔以对的时刻，但大多数见面的分秒滴答间，我们却欢畅地享受着对方酸辣交加的挖苦与嘲讽。她不刺我不爽，我不戏她不快，我们以唇齿拔河，用玩笑搏击，三番五次，竟难以自拔，遂成最不可理喻的冤家朋友。这对朋友在无聊休闲时为狐朋狗友们提供佐菜下酒的开心节目，没料到在电视节目里也将此等不登大雅之堂的变态友谊发扬光大，厚着脸皮邀请男女老幼共赏其趣，共享其乐，日长夜久，倒也成一道荧屏异景。

不惜暴露自身缺陷以娱乐朋友和观众，且沉醉其中欢笑依旧，我觉得，这就是我和小周友情长久不变的根源：我们都是极其善良之辈，而且骨子里紧锁着世人不了解我，何妨嘻哈以对的清高。因为善良，所以乐得以伶牙俐齿和小小聪明调节气氛，拿自己说事，邀对方讥讽，只求一刻开心；因为清高，所以对视若身外之物的小刺小讽无动于衷，甚至隐隐有不怒不恼方显与众不同的骄傲和陶醉。说也说得，骂也骂得，我自如清风拂尘般将其轻轻挥去，留着宽阔胸怀给更烦劳心智的大事。

于是在这般你来我往的拆台中，我们越来越相信大家同属一路货色，貌似不恭乃至不屑的外表下包藏着敏感又别致的不俗灵魂，这等灵魂存在的最大价值是无视规矩，自由行事，且随时会有不经意的怪诞举动。期望两颗如此跳脱的心灵并肩齐行，显然不太合适，磕磕碰碰的撞击声反而清脆悦耳，个中反复弹荡的乐趣，每每令我和小周意犹未尽。

但随性欢笑的背后，往往是有不为人知的寂寞与困愁的，我和小周都不会轻易把这样的心情流露在外，但我是看得出她轻描淡写背后的些许沉重的。小周小巧玲珑的可爱面孔，很容易令人以为她不过是个心事如泡沫般轻飘的简单娃娃，若这只是个美丽面具，相信小周会毫不犹豫地拿下它，但天生皮相糟蹋不得，于是小周只能借着文字给各位看她的另一张脸。这张面孔恰如皮相的负数，刻画着俏皮的智慧，伤感的哲思，饱满的性情和幽长的感叹。如她这般沉迷于斑斓才学和世外奇思的人，天生就是汪洋人海中的孤岛，就算白天的海滩是喧哗的，入夜后的心情却如密林般封锁，这锁，把她围成一个奇特的世界，四分之一的时间给他人观赏轻薄的快乐，四分之三的时间为自己编织幽闭的梦幻。

她，单纯而复杂，快乐而寂寞，积极而伤感，随心而顽固，自由而传统，有趣而沉闷，爽快而善感，容易认识而不容易了解，渴望活出自己而又期待温柔的依赖，面对面你未必感受到她内心的波澜起伏，幸好有了这些至真至性的文字，在她的心上凿开一扇窗，给你一个窥探的理由。

我和她会继续争吵，继续拔河，继续数落各自的不是，继续在自娱娱人中领会对方微妙的心事，而我，更会和你们一样，在小周永不枯竭的文字间偷寻她的成长和转变。

了解一些，费解一些，希望她永远是这么可爱的一个谜。

我有一条名叫皮皮的狗，最近它有些反常。只要没人注意，它就跳上我的床，趴在床边的窗台上东张西望。一开始我们都当笑话说："你看，皮皮多有意思，和人一样喜欢看风景！"后来次数多了，妈嫌它脏，只要它一跳上床就把它捉下来抱到阳台，在它脚下放个小凳子，教育它："在这看，这里的风景比那好！"可皮皮不领情，只要我妈一转身，它就溜了。

为了这件事，我妈想尽了办法。循循善诱、武力威胁，有一次还真的狠揍了它一顿。可这些都没有改变皮皮执着的心。每天晚上，只要全家人开始看电视，它就偷偷摸摸的溜进我的房间，"蹭"地跳上我的床，扒开百叶窗，推开窗户，东张西望。虽然，两脚站立不是它的强项，但是它能用坚强的意志坚持半小时甚至一小时不动。我偷偷地观察过它，如果它站累了，就会跳下床转悠一圈，然后再跳上床继续。有时候，它连休息的时间都不愿离开窗户，一扭屁股就靠着窗边坐一会。全家人都很纳闷，窗外到底有什么风景在吸引它呢？

那段时间，全家都和皮皮一样着了魔，没事都趴在我床边的窗子上往外看。可是看来看去不过是几栋房子、几棵树，严格来说根本算不上风景。

自从爱上看风景之后，皮皮整个都变了。白天它沉默寡言没精打采，不是吃就是睡。晚上精神奕奕两眼冒光。我睡得晚，总要到十二点多，皮皮也总坚持到我上床的最后一刻。

时间长了，大家也见怪不怪了。只当皮皮和人处久了，成了精，也有了人的品性。

真相大白的一天，终于到来了。

那是一个闷热无比的夜晚，接近午夜时分。我正在洗澡，忽然听见一阵惨烈的犬吠声，那是皮皮发出来的！我以最快的速度冲出浴室，只听见妹妹在尖叫——"它等到了啦！它终于等到了啦！"只见皮皮正对着对面屋顶上的一只白猫叫得声嘶力竭。那只猫闻声转头只是对皮皮瞥了一眼，便接着专心致志吃它的垃圾了。我一拍脑袋，猛然想起。在皮皮小的时候，邻居养了一只叫阿咪的小白猫，它俩常常隔着门对望。后来这只猫惨遭遗弃并不知所终了。自从那之后，皮皮就变得有些奇怪，看见同类不理不睬，但一见到猫类就异常热情……

原来，皮皮爱上了一只猫！它每天在窗口根本不是看风景，而是在等那只它以为是阿咪的白猫。那天晚上，皮皮变得力大无比，死扒着窗框不肯下床。直到我妈把那只猫吓跑了，它才极不情愿地去睡了。

直到现在，我的皮皮每晚还趴在窗台上痴痴地等。大多数的时候，它都是带着失望进入睡梦。事实上，我们都知道，无论阿咪是否会出现，结局都是伤感的。

我的皮皮爱上了一只猫，它勇敢、执着、痴情。它坚信即使世事变迁，它都会永远记得那只叫阿咪的小白猫，并且等待它的出现，继续它的初恋故事。

那种不顾一切的执迷不悟，就如同我们年少的时候。

我养过一只乌龟，他的名字叫"二财"。他是一只奇怪的乌龟，精力充沛而且不怕人，每天他都会用身体摆出各种奇奇怪怪的造型。我们都爱他，因为他很可爱。

有一天早上，我爸听见我家的狗在偷偷摸摸地吃东西，走近一看，他在啃二财。二财的壳很硬，所以，一时半会儿倒也无恙。

我们都很奇怪，二财到底是怎么从放在窗台的鱼缸里爬出来的？这个问题一直是个谜。因为据我妈观察，凭二财的身高及鱼缸的深度，这件事无论如何是不会发生的。

后来，没事的时候，我常常去和二财聊天。我叫他："二财，二财！"他会伸出头来看我。然后，我就伸出一个指头轻轻摸摸他的脑袋。他并不闪躲，他用他乌黑发亮的小眼睛看着我。

再后来，我发现，只要没人注意他，他就沿着玻璃鱼缸边拼命往上爬，有时还用跳的。二财是我所看到过的第一只会跳的乌龟。我想，或许那次出逃成功是因为二财冲破了他的跳跃的极限，终于梦想成真。

我也知道困在小鱼缸里不舒服，但是，一只小乌龟跳出鱼缸又想干吗呢？外面其实也不好玩呀。有一天我就这样问我的二财，二财说："谁说我要出逃，那是意外。我只是每天努力地练跳高而已。我要做一只与众不同的会跳高的乌龟！"我更奇怪了："二财呀，二财，你要会跳高干什么？"二财答："我只是一只乌龟，无法回答你那么深刻的问题。"

后来，我的二财仍在偷偷摸摸地练跳高。我给他买了一袋营养丰富的乌龟食，我总是说："吃吧吃吧二财，吃饱了再练。"

再后来，我的二财死了。

现在我仍然养乌龟，他的名字叫旺财。旺财也是一只奇怪的乌龟，他和二财一样经常玩失踪。旺财的窝是我特别给它买的乌龟盆。盆子很深，中间还有个人工岛，岛上有棵绿色的塑料椰子树。旺财的过人之处在于他不但会跳高，还会吊单杠，臂力惊人！我几次偷偷看见他吊在盆子边缘拼命想翻出去，那种气势真是惊心动魄！有一次他正吊着被我逮个正着，我终于忍不住问他："旺财呀，旺财，你明知道再怎么折腾也爬不出我的地盘，这又何苦？"旺财比二财还要有个性，根本不甩我，小眼睛一闭，爬到一边睡觉去了。

无论是旺财还是二财，他们都不愿告诉我，他们每天这般辛苦地绞尽脑汁究竟是为什么？我只能自己揣测，或许，他们一开始真的是想逃出禁锢，失败次数多了后来就变成了一种习惯，最后自己也搞不清楚了。也可能，他们觉得这样比较特立独行？要不，就是我养的乌龟都喜欢这种辛苦、焦虑、自虐、上进的生活方式！

我的乌龟会跳高，这本来是我和二财、旺财的秘密，现在是我们三个之间的秘密了，因为我只说给你听。

8月是爸爸月，8月8日是爸爸节。所以，我要在这个8月写写我的爸爸。

我的爸爸是警察，从我记事起他就是个大忙人，经常不着家。从小到大，他只带我去过一次公园。作为警察，他是一个再称职不过的警长，年年是先进和标兵。但作为爸爸，他是一个再差劲不过的爸爸。他的脾气暴躁，小时候我常挨他的板子。我也是个倔脾气，从不肯低头认错，所以常把他气个半死。我爸是个性格有些孤僻的人，不爱和人打交道，不懂人情世故，上哪儿都是独行侠。我妈最恨他这点。我奶奶和爷爷现在都八十多了，上哪儿还都成双成对手拉手，可我爸出门从不带着我妈。我妈背地里常骂我爸是个"傻子"，不仅不懂得浪漫还十分小气。证据是除了谈恋爱时请她吃过西瓜外，结婚到现在从没送过一件礼物给她。不过，我爸对我倒不吝啬。上小学的时候，他给我买过一双PUMA的运动鞋；念初中的时候，他送过我一件被我妈评价为"极难看"的灰色夹克衫。我直升重点高中那年，他还送过我一块加菲猫手表和一只紫玉镯子。事实上，他还给我买过很多东西，但大都不怎么合我的心意。说实话，我爸的审美品位真不怎么样。我爸做事特别死心眼，从他的爱好上就能看出来。他年轻时迷上了看武侠小说，结果拼命地买，存了一箱子。后来，他又迷上了种花，自个儿在家做实验用黄豆沤肥料，结果把家里熏得像厕所。再后来，他迷上了养金鱼，买了好多几百块一条的名种鱼，结果全死了。死了他就再买，再死，再买……这样坚持不懈得好一阵子，我估计最后是因为他的那点私房钱全赔了，终于歇菜了。现在越搞越大，他又迷上了古玩。每个星期六无论刮风下雨砸冰雹，他必定一大清早就出门上古玩市场淘宝去，不到三更半夜不回家。家里的角角落落堆满了他的"命根子"，他说这些"珍宝"以后是留给我做嫁妆的。

我一点也不喜欢我爸，他不聪明，不有趣，还很凶！可我妈说我和我爸就像一个模子里刻出来的，无论是长相还是脾气，甚至说话的方式都一模一样！虽然我特别不爱听这话，但这是事实我不得不接受。偶尔我也会怀疑，一直以来我对我爸的判断是否正确。也许我并不了解他，就像我不一定了解我自己一样。

爸爸，祝你88节快乐！

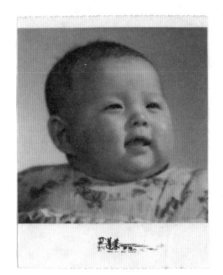

我亲爱的偏执狂

　　吃饭的时候，说起小时候和现在的不同之处。我说，念高中的时候，每天都不怎么认真上课。因为心里有很多话要说，只要拿起笔就能写出来。所以，每天都用来写字了。他说，他那时候也写。但是和我不一样的是，写之前一定要骑自行车。从虹口骑到杨浦，或是随便哪里，然后就知道要写什么了。我眼前忽然就看到了那时候的他，穿蓝色的线衫，在梧桐树下飞快地踩着"吱嘎"作响的28寸的男式破车，勇往直前。

　　外婆去世前，妈妈从外婆家带回来一张照片。照片是张全家福，妈妈大约三四岁的光景，童花头，穿着暗色的棉袄和棉裤，眉头微微蹙起站在外婆的旁边。我笑着对妈妈说："你看，你现在和小时侯一模一样！"在妈妈的眉间有两条很深的皱纹，这是因为她老是皱眉的关系，看来这个习惯在妈妈很小的时候就养成了。相书上说，眉间有皱纹的人往往是劳碌命。我不知道该不该相信这种东西，但是妈妈每天六点起床，十二点睡觉，说很多话，做很多事，什么都担心，终年无休。她没有办法停下来，停下来就慌张。

　　妹妹是个毛毛躁躁的女生，剪短头发，从不穿裙子，和男生称兄道弟和女生总处不好。她洗完脸会忘记抹面霜，可是对她的脚丫子和肚脐却异常重视。夏天睡觉，再热总要把肚脐遮盖好。冬天睡觉，即使开空调也要把一双脚丫子裹严实。她说，这是她的养生之道！事实上，不仅她自己严格遵守，她也见不得别人不遵守。所以一有机会，她就把睡相恶劣的我裹成木乃伊状。

　　她在最好的地段的最好的OFFICE楼里上班。她穿套裙，高跟鞋，化淡妆。每个打电话给她的人都喜欢她的声音，纤细温柔有条不紊。老板常夸奖她有耐性、细致、勤奋。她有一把黑亮的头发，但总也留不长。她常常无意识地一根根扯断她的头发，无意识地放进嘴里，无意识地吃掉了。她不心痛，也不觉得疼，仿佛倒生出些许快感。她妈妈说，她从小就喜欢这样。

　　我小时候视力很好，E字表可以看到2.0。可不知道为什么，我总是喜欢眯着眼睛看东西。当你还不是近视眼的时候，眯着眼睛只会令你的视线更模糊。因为我总是眯着眼仿佛看不清的样子，在课上老师逐渐减少了叫我答题的频率。在路上即使碰到熟人没有打招呼也没人会怪我。我也渐渐不再关注别人的表情。后来，我真的变成了近视眼。模糊的世界令我有种安全感，朦胧的，不远不近的距离，没有联系的空间，很好。我很少戴眼镜，所以我还是眯着眼睛看世界，但现在真的是想借此聚光，以便能看得更清晰一些。

　　这种种不是习惯和喜好，而是偏执。我们每个人都会偏执，每种偏执都有一个藏在暗处的原因。有的我们知道，有的我们不知道，更多的我们忘记了。但这并不妨碍我们彼此相爱。正是因为偏执，我们看到了彼此的真实和脆弱。

　　假如你无法隐藏/就不要故作轻松模样/其实你很悲伤这很寻常/我亲爱的偏执狂

消 失

秋天，有太阳的日子，就会变得忧柔。光线闪烁，没有温度。植物的颜色变浅，用来反射。这样的日子，适合穿很多坐在室外，研究被光线映成金色的细微绒毛，喝一口有香气的热茶。或者，穿上羊皮做的柔软靴子，围上暖暖的围巾，散步，一个人。由于作息时间和常人不同，很多时候我的生活轨迹里，只有我一个人。

街角有个男人在点烟，那种神情仿佛是为了取暖。广告牌上CD女郎，唇上抹着最艳丽的红色，这种颜色历来是这个季节的主打，大家都说这是一种温暖的颜色。可是有谁发现，在灰色的城市里，那片红唇显现的是魅惑时的寂寞。

想起几年前看过的一部法国电影。一对陌生的男女，每个星期在同一个时间、地点见面。他们不知道对方是谁，也不想知道，他们从不交谈，只是做爱。激烈、空虚、绝望，并且沉默。有一天女人没有按时出现，后来也不再出现。男人在街前巷尾拼命地寻找，事实上，他根本无从寻找。她如同烟一样，消失在城市里，不见了。故事结束了。也许，我们该庆幸，我们有爱着的人，我们知道他们的名字，我们有他们的电话号码和E-MAIL地址。可是，他们如果决定消失，我们依然无处寻找。我们总是得到我们不要的，失去我们仅有的。

在夜里，第N次重读村上的《斯普特尼克恋人》，讲的是一个关于孤独的故事。少女堇爱上了大她十七岁的已婚女子敏。敏喜欢堇但无法爱她，她爱不了任何人，活着的敏只是一个躯壳，她的灵魂在一个惊险之夜，消失在了世界的另一边。堇在某天的夜里消失不见，去世界的另一侧，寻找消失的敏。单恋堇的"我"自语道：这颗行星莫非是以人们的寂寥为养料来维持其运转的不成？

外婆在这个秋天去世了。母亲告诉我这个消息的时候是笑笑的。只是，我从来没见过那么奇怪的笑容，它浮在母亲的五官之前，像投射在没有拉好的幕布上的影像，仿佛幕布一撤去，便什么也没有了。外婆走的那天晚上，我选择去看一场演唱会。很大的露天体育馆，我坐在最高的一层。气温很低，风呜呜地吹，大喇叭里的乐声莫名的遥远。我吃了一只大汉堡、很多鸡、一份汤和一杯滚烫的热茶，却还是又冷又饿。我总是在想村上在《挪威的森林》里写的那句话——死作为生的一部分，永存。

1957年10月4日，苏联发射了世界上第一颗人造地球卫星斯普特尼克号。直径58厘米，重83.6公斤，每96分12秒绕地球一周。同年11月3日又成功发射了载有莱卡狗的斯普特尼克号2号。卫星未能收回，莱卡狗作为遨游太空的第一个生命体，永远消失了。

想念初春的某天下午

初春的一天下午，去了动物园。

天气很好，花了十五元买了票，人很少。

总会有突如其来的欲望。想无休止地走路；想睡到昏迷；想吃到产生满足感；想很爽地骂脏话；想紧紧地拥抱住什么；想在天气很好的午后和喜欢的人牵着手去动物园。

我看到了鸵鸟在四处闲逛，气定神闲。它们居然不在笼子里，这让我很惊喜。不太敢靠近它们，虽然它们看起来是那么的无害，可是嘴还是很坚硬的样子。有一只褐色的鸵鸟逛到了厕所的门口，有一个人躲在里面不敢出来。可是他想想又不甘心被一只鸵鸟吓到，就戴上买来的猪头面具，隔着玻璃门吓它。他们在那里僵持了很久，你吓我，我吓你。旁边三五个围着的人也在太阳下咧着嘴，傻笑了很久。

我总是要去看看我喜欢的河马的。天气还是有点凉，两只河马都在屋子里呆着。一只肥肥大大的，一直在吃一垛干草。另一只小一些的，站在那里拉了很大的一坨屎。我叫它们，我每次去都要叫它们"河马！河马！"可是，每次它们都不怎么理我。我那么喜欢它们，可它们对我没兴趣。

摩天轮慢慢地转动。我们买了票坐上去，硕大的摩天轮上只有我们。它吱吱嘎嘎地响着，仿佛会立即散架，我们有一种毁灭前的兴奋。渐渐到了最高点，一切都在脚下，周围只有风的声音。有点害怕，轻轻地抱住他，抬起头，却对着天空莫名其妙的微笑。

看完大象，我们找到一片无人的草地。躺下，有风夹杂着植物的气息轻轻吹过，太阳用最温暖的方式抚摩着皮肤。我们说了一些话，不知道什么时候就睡着了。

醒来时，我侧躺在他的身边，右手搁在他平稳起伏的肚子上。我一动不想动，就想这样——春天的太阳，青草的香气，寂静的空气，没有别的什么人，一直。我觉得很幸福。

太阳要回家了，天气变得有点冷。他醒了，问："我睡了多久？"

"十分钟。"我说。

"有点凉了，我们走吧。"

我说："好。"

秋天将至，忽然想念初春的某天下午，幸福的感觉。

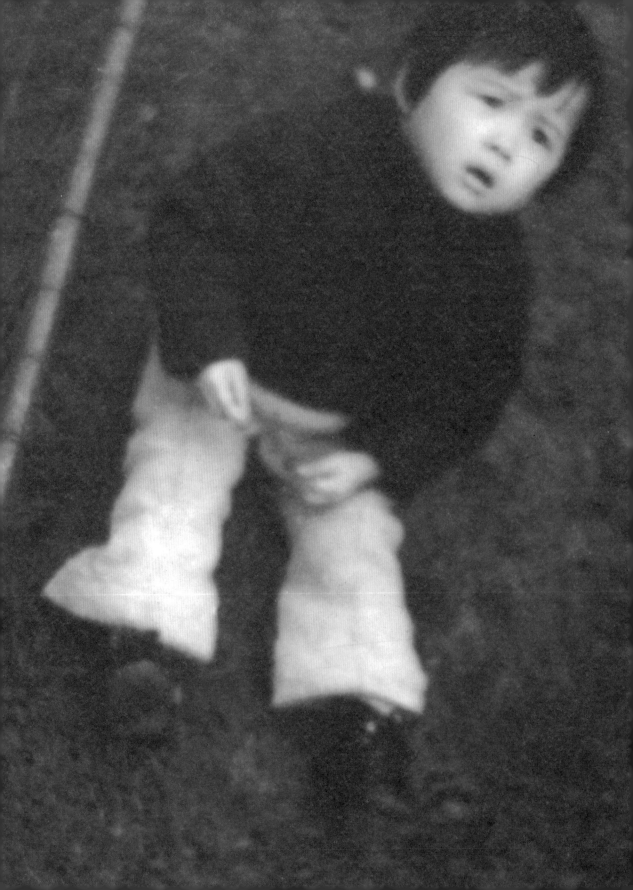

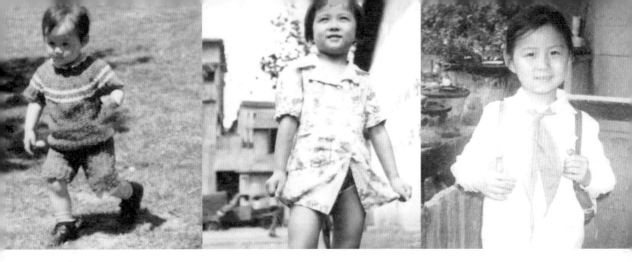

有个地方叫蓬莱

上中学的时候，学校附近有一条名叫蓬莱的路。路上有个游泳池，叫蓬莱游泳池。夏天的时候，开放游泳。冬天的时候，池子里的水被抽干，就变成了滚轴溜冰场。有一段时间，班里的同学们忽然都迷上了溜冰，常常男生约女生成群结队的去。十四五岁正是情窦初开的年纪，满脑子都是浪漫的想法。常常在课间的时候，男生们偷偷地商量互相壮胆，然后再偷偷地找人传话给一群女生。在当时这已经是冒险的举动了，要是走漏了风声被老师发现，安上一个"思想复杂"的评语，那可是件非常严重的事情。

迄今为止我还是无法确定，这算不算是约会。男生们冲在前面买了票，女生们跟在后面慢慢地进场。一开始两队人马都有些矜持。女生绑上溜冰鞋摇摇晃晃地围成一堆说悄悄话，但眼角总是有意无意地瞟向男生的那一边。而男生则忙着在溜冰池里大显技艺吸引女生们的目光。等到时机成熟，男孩子们便借口教女生溜冰互相搭讪起来。一旦"教学课程"开展起来后，一切都变得顺利，包括在女生快要跌倒时轻轻地握住她的手，也变得顺理成章了。当然，也有不解风情的，比如我。和同龄人比起来，无论是生理还是心理我总是慢一拍。那时的我，满脑子都是争强好胜的想法。或许是因为从小就知道了爸爸喜欢男孩，一直遗憾我是女孩的事，心里便总是堵了一口气。但凡有男孩子来教我溜冰，我总是故作冷漠，心想：哼！谁要你教，我自己就能学得会！丝毫没领会到这种殷勤里藏着的其他情愫。现在想来，真是傻得可爱！

前一阵，和同事去近郊小住两天。在度假村的天台上，发现一个半废弃的溜冰场。我们兴高采烈地爬上爬下好几次，终于借到了溜冰鞋。五月的天气已经潮湿而闷热了，站在屋顶举目四望，一片灰蒙蒙的城市。因为太久没有人来溜冰了，地面有些坑坑洼洼，四周的扶手上也积了一层厚厚的灰并粘满了鸟粪。掰指算来，有近十年没有玩滚轴溜冰了。脚步早已生疏，跌跌撞撞的，不敢远离扶手。忽然想念起当年想牵我手的那个男生，那双手单纯而羞涩，因为紧张微微冒着汗。同事在一边死抓着栏杆，龟行前进，自嘲道："年纪大了，变得好怕死啊！"其实，何止是怕死，甚至是一点伤、一点痛我都怕！人长大了，反而变得脆弱了，真是一件奇怪的事啊。或许，是因为体会到了压在身上的责任，明白了所得到的每一份爱都是上天赐予的奇迹，所以才不敢轻举妄动、无所顾忌了吧？

当年嬉戏的少年们，现在大多已经成了家，甚至为人父母了。有多少年没有相见了，真想问问他们：是否还记得，那个叫"蓬莱"的地方？

仙人掌

只要生活在上海，你就无法避免每年6月开始的梅雨天。

在我的记忆里，梅雨天是一滩湿绿的粘液。我想，会留下这样的印象应该和仙人掌有关。我酷爱仙人掌这种植物，喜欢它坚硬的刺，还有多汁的内心。我养过无数盆仙人掌，但有一棵总让我难忘。

有一年夏天，我大概是十四五岁的光景。有一天夜里，睡得好好的忽然就醒了过来。靠在床头坐了一会儿。床是靠着窗摆的，抬头就能看到天空。那是一个有月亮的夜晚，我印象深刻。然后，我下床，穿上鞋，到厨房拿了一把平时吃饭用的铝制勺子。开门，下楼，转弯，在看门人的小屋前蹲下。那里有一只被当作花盆的破搪瓷脸盆，盆里长了许多杂草野花，还有一棵细瘦的仙人掌。我就用手里的那把勺子，把仙人掌连根挖了出来。我至今记得，在挖的过程中我被这棵小小的仙人掌刺痛了好多次。这真是一件不可思议的事，那是一棵瘦弱到仿佛随时会夭折的植物，但它依然有一身坚硬的刺令人无法随便亵渎。它的根稀疏柔软，但扎得很深。因为无人施肥照料，盆里的土硬得像石头，直到我的小勺子完全弯曲变形几乎断裂，它才被我完整地挖了出来。踏着月光，我拿着我的勺子和小小的仙人掌回家。后来，我把它种入了一只陶土花盆，把勺洗干净放回厨房，脱了鞋，上床，睡着了。直到现在，我都不明白那个夏天的夜晚，我为什么会做这么一件事。妹妹说，我一定是梦游了。可我当时是清醒的，完全知道自己做了些什么。只是不明白，为什么会在半夜醒来，偷偷地去挖一棵仙人掌呢？

那棵仙人掌并没有活很久。第二年的梅雨季节，我忘了把它搬回屋子，它喝了太多的雨水，淹死了。如果不仔细看，你不会发现它的异样。它还是站在那里，那样瘦小，甚至那些尖尖的刺还是硬得扎手。可是，我轻轻一推，它便倒了。我是在梅雨天即将结束的时候才发现它死了，整个梅雨季节我都在家里躺着、睡觉、发呆或看《堂吉河德》。那是一段清醒与混沌交织在一起的日子，渴望理解却又拒绝一切。或许每个人都会经历这样的生命历程，自以为足够成熟，实际上坚硬、脆弱、缺乏韧性。这是一道坎，并不是所有人都能过去。

后来，我又养了很多仙人掌，可我还是会时常想起那个夜里的小仙人掌。它从来没有茁壮过，但它有一张我见过的最倔强的脸。偶尔我会想，如果那夜我没有把它带回家，如果那年的梅雨季节我没有把它遗忘在窗外，它现在又会是怎样的呢？只可惜，生活从来不存在如果。

　　1992年8月的某天下午，刚下过一场暴雨。我穿着一件妈妈做的粉红色衬衫，头上带着一个红色的发箍，骑着自行车到八中报到。学校很大，有漂亮的草坪，古朴的老楼和高高的银杏树。我拿着雨衣找了很久才找到教室。我记得我是最后一个到的，教室里已经坐满了人，只有门口第一排一个最显眼的位置空着。所有同学都看着我，当时我窘极了。现在告诉别人，小时候的我内向并自闭，根本没人会相信。但是，在十二年前的那个夏天，还是小女孩的我，就是这样不敢面对那四十几张陌生的面孔，涨红了脸局促不安地开始了三年的高中生活。

　　从小到大我担任最多的职务就是文艺委员。可能大家认为从小就学唱歌跳舞的人，总该比别人多些文艺细胞吧！即使这样，我的中学同学们现在总还是诧异，我居然成为了主持人！因为，在他们的记忆里当年这是一个不怎么活泼，更不怎么能说会道的女生，她现在怎么能够靠耍嘴皮子来谋生呢？！其实，这件事我也常常想不明白。

　　实践证明，真实的生活总是比小说更出人意料。

　　当年，我们一群总是把爱情挂在嘴边的人，今天大多还是只身独影。而那个从不穿裙子瘦得像芦柴棒全班公认的"男人婆"，还有那群从不引人注目安静到被忽略的女生们，早早的都结了婚。最夸张的是那个当年老被我们嘲笑的"胖子"，都已经是四岁孩子的爹了！老师最头疼的"问题学生"现在开了公司；班长、学习委员、各科课代表们都在大公司里兢兢业业朝九晚五。当年如同吉普赛女郎般不羁的倩，现在身在最重规矩的日本；而那个和妈妈在同一个学校的"乖乖女"，如今辞去了工作兴高采烈地成为"无业游民"。那对苦恋三年，连老师家长都拆不散的"小两口"，如今都有了自己的家。再相见时我们都小心翼翼生怕气氛变得尴尬，可那两人坦然得仿佛什么事都没有发生过。而那个曾在我生日时，送我漂亮马克杯的瘦瘦男生，居然长出了小肚子和双下巴！要是在十二年前，遇到这些种种，我们一定会尖叫和崩溃。还好，十二年间的生活历练即使还没让我们练成九阴真经，起码也让我们学会了处变不惊。

　　十二年后还有人记得我包的小馄饨，那些都是来过我家帮我补习理科的男生。记得有一次为了喂饱两个饥肠辘辘的"老师"，我煮了两锅子饭，炒了一整棵卷心菜。他们就着一盆清炒卷心菜，把两锅饭吃得一干二净！还直夸好吃！那么夸张的事，它却真实地发生过。

　　2004年3月的某一天下午，我参加了一场高中同学会。又是雨天，我又是迟到的最后一个。如同十二年前一样，我在众目睽睽之下走进房间。可这一次我一点也没有局促不安，我甚至是迫不及待地推门而入。每一张脸都那么的熟悉，仿佛时间从来都没有流逝过。无须言语，我们立即在彼此的身上找到了那段无华的青春岁月。

　　终于，我们都长大了。

无处告别

我的女朋友星儿喜欢把我们一起度过的十年，称为"行云流水"的日子。

相识的那年，我们十六岁，明眸皓齿，对未来的生活想入非非。

在高中的最后阶段，我们成了同桌。我们无数次放弃了学校的午餐去吃街头的牛肉拉面，也无数次逃了自习课去MOS享受夕阳和红茶，还有和高三无关的悠闲，一直到以后的STARBUCKS和江南布衣的棉裙。记得在快高考的那一个月，我们放肆得像夏日里最美的花。我们整日整日地在淮海路上游荡、看漂亮的男孩子、喝加了芹菜末的圆子汤。

记得有一次，下暴雨，我们挤在时代的大钟下避雨，好多的人，我们的长裙濡湿地贴在年轻的腿上，头发凌乱地沾在脸上，我手指着对街对星儿说："你看，那棵梧桐树的叶子绿得真好看！"

那天，我们一直在笑，无论是聊到喘不过气来的三年高中生活，还是茫茫不可知的未来，我们都那么的充满希望，那么的无所畏惧。我们握着手，走在上海这条最美丽的街上。星儿买了我最喜欢的茉莉花串，我把它套在了右手，而星儿的在左手。

1995年因为进了不同的学校，我和星儿开始了长达七年的书信生涯。

有一段时期，我们几乎天天写信，无论见或者不见。美丽的信纸，美丽的文字。这份珍贵的青春纪念，一直在我抽屉里静静地躺着。我们经常赶很远的路匆匆见上一面，只是喝杯茶，热红茶，加奶。有时候，我们讲很多话；有时候，我们沉默地坐着，吹风，内心很平静。

1997年，星儿毕业了。她的公司在一条寂静的小路上，离我的学校很近。我们时常在中午的时候，约在复兴路、陕西路口的一家茶餐厅吃饭，因为便宜和可口。那时，我们都还骑自行车，星儿是迟到大王，我时常站在路口的拐角处等她。

每年的情人节我们都会见面，因为那天是星儿的生日。

记得十七岁那年的情人节，我们约在复兴路、陕西路口。等她的时候，有一个女子从我身边走过，手上捧着一大束紫色的勿忘我，我从没见过那么美的女子和那么美的勿忘我。那天我对星儿说，如果有一个男子，在情人节的时候送我一大捧紫色的勿忘我，我一定会爱上他的。后来，等了几年，觉得不怎么可能，也就淡忘了。

二十三岁那年的情人节，我们坐在真锅。星儿说要去附近的照像馆拿照片。我就坐在靠窗的位子等她。我喝着滚烫的奶茶，看着窗外飞驰而过的车辆，还有印在玻璃窗上模糊的我的影像。星儿过了很久才回来，递过来一束用蓝色棉纸包扎的紫色勿忘我。

从十七岁到现在，我们的青春岁月是交织在一起的。我们知道彼此的秘密，我们互不设防。有时甚至会分不清彼此，觉得我就是她，她就是我。我们甚至肯定，我们会这样一辈子。

　　一辈子，那是多么长的岁月呀！

　　每个人的一生都会有一个这样的朋友吧。十年行云流水的年月，三千多个日子，落于纸间，寥寥数语。青春千般滋味，是否能借此回味？

　　行云在天，流水依旧。世情无长久，若能长久，便是奇迹。只怕回眸时，一切都已告别。

迟来的儿童节

　　每个人都是从童年过来的，照理说每个人都应该过过六一儿童节，可是我小时候的儿童节是怎么过的，现在的我死也想不起来了。妹妹在旁边提醒我说："会发奶油蛋糕，还有半天假咧！"可我怎么一点印象也没有了呢？像我那么嘴馋的人，起码应该记得那块奶油蛋糕啊！人的记忆比较容易记得住快乐或是痛苦的事，估计奶油蛋糕一定是被妹妹偷吃了。而那半天假也该是在家和功课奋斗，做着做着麻木了，也就忘记了过节之类的事了。

　　相较之下，小时候的我比较成熟懂事有忍耐力，而现在反倒任性起来了。可能七十年代出生的小孩子在童年的时候都比较压抑，特别像我这种七十年代后期出生的。我爸妈年轻的时候也算是有志青年，但是生不逢时一腔理想无处实现，在压抑了好多年之后终于有了后代，当然把热情都迸发在了我的身上。学唱歌、学跳舞、学绘画、学外语……学得好是应该的，学得不好就请吃特制小灶"竹笋烤肉"。那时候我傻兮兮地立志要做一个有"气节"的女生，吃小灶时坚持"三不"原则——不哭、不逃、不求饶，一点也不懂得"识时务者为俊杰"的道理。父母那么高压，无论干什么自然都小心翼翼、力争上游！再加上那个年代什么都匮乏，没有漂亮衣服，没有解馋的零食，玩具玩来玩去就是魔方和三块吸铁石，为了保护视力我妈每天只准我看十分钟电视，本来小孩子该有的欲望自然就被压抑住了。我上的小学是所重点小学，里面的老师都很少笑。有时因为演出向老师请假，老师的脸就会变得很长，我的"恐师症"就是从那时染上的。一直到现在，我只要看到老师，不论有没有做错事都会心虚。那时升初中还是要统考的，每天作业都要做到十一二点，什么节都变成了"功课节"啦！回头看看我的童年，也只能用"无趣"二字概括！

　　我真正的过上儿童节，是大学毕业之后。当然，像我这种早过了法定结婚年龄N年的人，不仅不能算儿童，甚至应该肩负起制造儿童、培育祖国下一代的重任。可是，我总觉得在每个人的身上都藏着一个长不大的自己，这个无关乎年龄。在我的身边有一群和我同样缺失儿童节的朋友，每逢六一他们比孩子还兴奋，不仅互赠礼物还组织聚会。在他们的身上，你会发现种种童稚状态的蛛丝马迹。比如有的喜欢用奶瓶喝水，有的喜欢粉色的娃娃衫，有的疯狂迷恋卡通公仔，有的爱看小人书，有的包里总藏着水果口味的棒棒糖……我想，我们怀念的不仅仅是儿童节，更不是刻意去装可爱，而是渴望时时刻刻保持孩提时单纯、无忧的心境。

　　身体的长大是自然规律，内心变得复杂是不可避免。一年365天我们都在成人的世界里搏杀，留出一天变回孩子，应该无可厚非吧？

上海戏剧学院图书馆

借 书 证

姓名 司 谨

单位

证号 1409

年   月

图书馆

读书的时候，我常去淮海路上的市立图书馆。大多数的时候是借书，有时只是呆呆地坐着看人。常在那里出现的人，都有相似的气味：安静、敏感、单纯、有距离感，自己把自己守得很牢。

那时候读大学，学校里也有一个小小的图书馆，三层楼，坐落在大草坪的旁边。我常常在下午翘了课去那里，因为那种时候大家都去上课了，图书馆里只有安静的管理员。我常去的是二楼的外借室，那里只有一间教室的大小，灰灰旧旧的。光线从北边的一排窗户里透进来，穿过一排排书架，最后隐没在寂静之中。书都是旧书，越往后面走年代越久远，有些书的书卡上没有任何出借过的痕迹。慢慢地在书架间行走，深呼吸—那里有一种混着书香的潮湿霉味，是我喜欢的。在大学四年里，有无数个下午，我就站在那些木架子后面看书。那里有各种各样的故事，悲情的、欢愉的；那里有许多逝去和未逝去人的情绪，你总会找到一种能和你应和的。如果你屏息凝神，你还会听见各种声音。每本书都是一个人的倾诉和表达，有的喃喃自语，有的歇斯底里，有的破口大骂，也有的是一段歌或叹息。

不知什么时候，我喜欢故事的场景发生在图书馆里。

光和未知在射入图书馆的晨曦中醒来。卡夫卡随着命运的指引来到甲村图书馆。藤井树在学校图书馆里的每本书后写上自己的名字。英在远离家乡的东山书院的旧书架间，遇见了令她一生不能释怀的文……

事实上，在我常常去图书馆的日子里，没有任何故事的发生，虽然那时可能是我一生中最美好的日子，却出奇地无味。也许它正是如此，我才会爱上淹没在图书馆里的感觉。那里有太多的故事，太多的想象，太多的可能性，太多的精彩，即使它们大多只是出于作者的幻想，却能使我现实生活的苍白变成彩色。二十五岁之前，无论何时何地，想象未来都是一件令人兴奋和期待的事。

大学刚毕业后的一两年，我常常回学校，有时约朋友在校门口的咖啡馆里聊天，有时一个人躺在学校里的大草坪上晒太阳。学校很多地方都重新改建了，但我最爱的图书馆还是小小旧旧的立在操场的角落里，即使不进入也能感觉到它的阴凉和宁静。

现在坐车的时候常常会路过市立图书馆，我已经想不起来究竟有多久没有去过那里了。每天都有很多的事发生，会遇到很多的人，生活很忙碌，我不知道这是不是我十几岁时所期待的生活，或认为的精彩。每次经过图书馆的时候，我都有想进去的冲动，结果总有这样那样的理由而错过。有时我甚至怀疑，是我的潜意识不想让自己进去。或许是害怕，害怕自己的气味也许已经不同于当年。

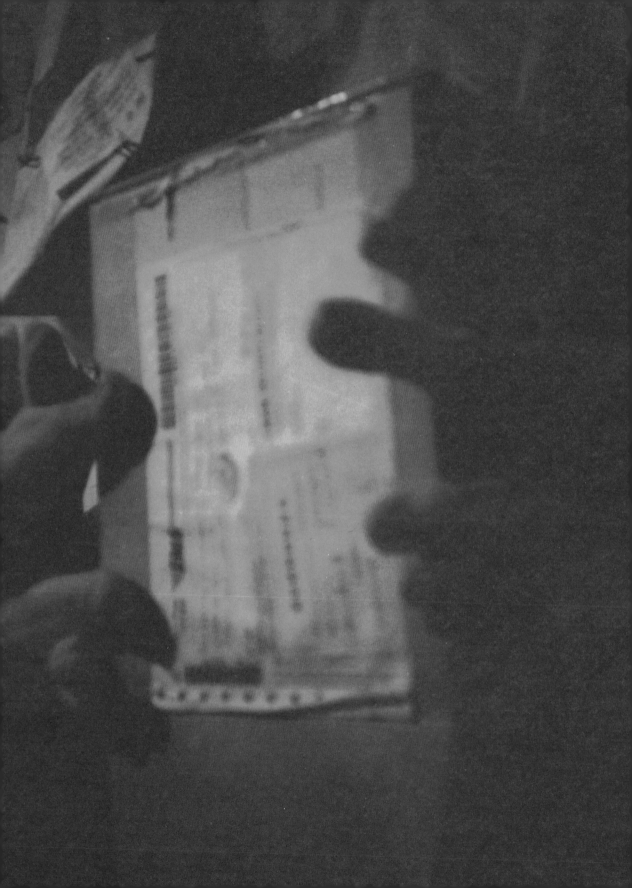

半夜偷吃

半夜偷吃的习惯是在上大学时养成的。

那年，我第一次过上完全的寄宿生活，整天兴奋得不行。我们学校小，师生加起来不过几百号人，没多久大家就打成了一片。那时候，镇宁路白天是个菜市场，晚上就变身成大排档。菜泡饭、炒年糕、螺蛳之类销路特好。半夜在这坐着吃的全是上戏的人，我们这些小师妹就跟随着师哥师姐们加入了这个不成文的传统中。当时一个小塑料棚子里挤着十几个人，聊得高兴了，两杯啤酒就能让人显出醉态和疯态。记得有一回，和别人敲着筷子玩"棒子棒子"。一个小时后，筷子敲断无数双，连嗓子都喊哑了。那种疯劲，快赶上精神病了！

那时，我和陈蓉住一个屋。我俩都是苦孩子，数九寒天，宿管科分了我们一间一楼朝北的寝室。阴冷潮湿不说，窗还关不严实。我们常常半夜睡不着，先是聊天，接着双方进行激烈的思想斗争，最后下床披上军大衣，溜出学校，去华山路、镇宁路口的无证摊贩那里，吃三元五毛一锅的粉丝煲。现在想来，或许有那么一两次是真饿了，但大多数的时候原因只有一个——嘴馋！每回等我们稀里哗啦地吃完了，学校门必定是锁上了，但这种小事难不倒我们。当时华山路大门水泥柱和旁边咖啡馆拉的铁栅栏之间有一条小缝，我们把大衣一脱，挤进那条缝，顺利溜回学校。

有人曾说，"汤、糖、躺、烫"最易发胖，确实有道理。那年冬天，我的体重达到了我有生以来的最高值——100斤！还有人说，"懒、馋、散"这三种恶习是连在一块的，更有道理。我和陈小姐那年，有幸成为班里唯一两位获得班主任（注：男）亲自光临宿舍给我们MORNING CALL的殊荣，并且亲自封赐了两个别号给我们——"猪头小队长"和"小馒头"。我们还被划入了，急需减肥的"高危"病人行列。后来，至于减肥是否成功，我已记不清了。只记得，我们半夜偷吃的恶习越演越烈，还有了更丰富的菜单，如：火锅、豆腐干、茶叶蛋、柴爿馄饨、泡面……而那个"粉丝煲"小摊子，我们一直吃到它忽然消失不见为止。

写到这里，我已经馋得眼冒绿光。已经半夜十二点多，我偷摸进厨房搞了一碗滚烫的泡饭，就着几根海蛰头，吃了个碗朝天。忽然想起，晚上看电视时有个医学老专家异常严肃的警告大家说："吃太辣和太烫的东西最容易得食道癌！"辣和烫正是我的最爱。妈妈在旁边立即威胁我说："以后不许吃了，否则就没命了！"那种模样，让我想起当年班主任威胁我们时说的："不许再吃了，再胖下去，没电视台要你们做节目了！"

半夜里，捧着一碗泡饭，回想年少时的种种趣事，并且发现，当时的"坏习恶品"依然没变，心里居然有一种安心的快乐。

奇怪！

长 跑

上大学的时候，我每天晚上有长跑的习惯。十点熄灯后，换上运动短裤，绕着学校大草坪跑一千米。喜欢跑步的过程，脑中除了调整呼吸之外的空白，耳边只有风声和心脏剧烈跳动的声音。也喜欢跑完后的满足感和成就感。

有一天，和平常的每个夜晚一样，已经过了熄灯的时间，校园一片黑暗，只有报栏的日光灯发着惨白的光亮。我借着灯光和往常一样绕着草坪跑步。已经跑了四圈，约一千米左右，但丝毫不觉得累，也没有要停下来的念头。我想，状态不错，不如就多跑两圈吧。我绕着大草坪不紧不慢地跑着。是个冬天的夜晚，空气清洌，抬头看得见星星。

奇怪的事情发生了，8圈，9圈，10圈……忽然，我发现我早已超过了自己的极限，却无法停止。确切地说，是不愿停止。

是一种很舒服的感觉，失去重力、忘乎所以。时空仿佛变成了平面。我在某一个时空的平面上，进入了匀速的状态。那种感觉是，我可以一直这样跑下去，不会累，不会停止。我进入了一个奇特的空间，时间不再向前，也不会后退，周围的景致变成了一幅固定的风景画。留恋、恐惧，两种截然不同的心绪萦绕在我的心中。

那是美丽的一刻。在我喜欢的季节，在我喜欢的校园，在我喜欢的星空下，在我喜欢的植物气息里，在我喜欢的静谧中，无人打扰，没有烦恼。从未有过的平静心情，甚至有一点点喜悦。心里有一个小小声音在说——就这样吧，继续，继续……

可是，害怕的情绪一直在那儿，虽然是小小的，但就是挥之不去。心底总觉得有些恐惧，对未发生事的不确定，还没有看见的也许是极可怕的东西。对已发生事的留恋。还有孤独，完全一个人的孤独……

我们总是面对选择，无依无靠，所凭借的只有自己的直觉。每一次面对的题目都是一样的——放弃这些，得到那些；放弃那些，得到这些。究竟，我们放弃什么才是对的呢？

我是在第12圈的时候，猛然停下的。这是我自己的决定，我知道。我还记得我是怎么停下的。我偏离了匀速的轨道，转向了报栏惨白的灯光处。当我整个人站在亮处的时候，我便停下了。

我转回头，黑魆魆的大草坪还在那，天空的星星也在，草坪边的灌木丛被风一吹，发出沙沙地响。一切都和平常一样，不同的是我多跑了八圈，约两千米。在这多出来的两千米中，我掉入了时空的缝隙，经历了一次重要的选择。结果，我选择了回来，继续这场宿命。

那次之后，我每天依然在熄灯后，换上运动短裤，绕着大草坪跑一千米，一直坚持到大学毕业，不过再也没有遇到过那天的情形。我想，也许那样的机会，每个人一生只有一次吧。

爱 好

　　我有一个同事，年轻的时候大家都说他长得像郭富城。只不过两三年的工夫，郭天王依然在台上蹦跶，而他却已有了中年男人的肚子和肿脸。顺理成章，他的绰号从"郭富城"变成了"猪头"。对于一个长久以来自以为是帅哥的人来说，这无疑是个致命的打击。经历了痛不欲生、痛定思痛的过程之后，他下定决心花了数千大洋办了一张健身卡。从此以后，他雷打不动地每天进健身房，从脚踏车到跑步机到举杠铃，不做完全套誓不罢休！健身成了他人生中最大的爱好。现在他一见我就自豪地举起他的胳膊，让我摸他的二头肌。我是一个矜持的女人，所以就摸了两回。果然不同凡响，硬如卵石，撞得死蚊子，崩得断大牙！虽然，他也明白要回到"郭富城"的年代是不可能了——人变老的过程犹如生肉变成熟肉，有去无回。但是，他对健身的热爱却已无法停止了。用他自己的话说，每天要是不骑上两小时的自行车，就会吃不下睡不着。

　　大多数人都有一些爱好，有的是天生喜欢，也有的是因为受了刺激才爱上的。比如说，我最大的爱好是坐着发呆。无论身处何地，无论人多人少，只要有机会我就能进入状态。据我妹妹说，我发呆时一脸白痴相。发呆是我的爱好，我热爱发呆。这种热爱的产生，却是缘于我以前得的一种病。这种病的症状就是头疼，厉害起来还会呕吐。医生说这种病学名叫作"植物性神经病"，起因是思虑过多，过于敏感。当时我正处于把追求特立独行当作人生目标的青春期，但也被吓到了。如果特立独行的结果是把自己的神经折腾出病来，那也太夸张了。既然病因是想太多，那我就少想甚至不想。就这样，发呆的习惯就慢慢养成了。从最初的偶尔，到后来的经常，再到如今一发呆一天也是常有的事。我完全享受于我的爱好之中，这是一个无人知晓只属于我自己的异想世界。

　　人和人都不一样，人和人的爱好当然也各不相同。有的大众化些，有的古怪些；有的可以公布于众，有的只能自个儿偷着乐。我以前所知道的最古怪最不能让别人知道的爱好，是关于一个叫托玛斯的男人的。这个托玛斯就是米兰·昆德拉在《生命不能承受之轻》里写的托玛斯。他的爱好是和不同的女人做爱，无关爱情的那种。他觉得即使是相同的过程，因为不同的人也会有细微的差别。他喜欢这种差别，他从中获得乐趣。原以为这完全是作者的臆想，现在才知道生活中还真有这样的人，并且是个女人。她比托玛斯更猛，做完之后还要写出来，并暴露对方的真实身份。结果，她因为她的爱好成为了本季当红辣子鸡。每天都有无数人在评论她，有人说她NB，也有人说她SB，我觉得这都不是重点。重点是，因为她的爱好，一夜之间无数男人都有了贞操感，这也算是她未预料到的意外收获吧！

头 发

　　某一天，早晨刷牙的时候，我发现镜子中的自己丑陋无比。无论怎样挤眉弄眼、变换表情，还是惨不忍睹。

　　某一天，我看着窗外半死不活的天气，再看看手头半死不活的工作，再想想五年、十年后，很可能还是这样半死不活，我觉得很幻灭。

　　某一天，我在十字路口等绿灯，周围很多人。有的在看天，有的在看地；有的目光涣散，有的拼命打电话。而等的那个灯仿佛永远是红色。我内心着急，但无法动弹。
每次我拿着方便筷吃饭，心底就会有一种折断它的欲望！

　　当我喝完可乐，我会本能地跺上几脚把它踩扁，不是为了环保，而是因为爽！

　　最喜欢那种一次性的塑料桌布，薄薄的但很有延伸性。喜欢指间穿透它的感觉和拉扯它们至崩裂的瞬间。

　　……

　　这是躁动不安的症状。我承认，对于生活，我有，狂躁症。

　　我们时时刻刻都有重新开始的欲望。就好像我读书的时候，数学这科的作业本有一摞。每次上面红色的Ⅹ超过了我的忍受范围，我就换本新的。仿佛这样，以前的错误就会一笔勾销，以后的作业也会次次圆满。结果是，过不了几天，我又要换新的了。

　　我的头发总引来大家的好奇。比如，为什么要梳那么怪的发型？为什么忽然烫得像黑人一样？为什么要改变头发的颜色？如果我的回答是，我既不是哈那种潮流，也无关美丑。别人会不会觉得很奇怪？

　　那究竟是为什么呢？

　　我是一个贪生怕死的人，我不太相信前世来生。我想，即使有也和现在关系不大。因为，我们、我们这一生都是唯一的。所以，此生对我来说就重要无比。

　　我想要的人生是有趣、多姿的。但是，不知道哪里出了错，我们得到的总是相反的东西。改变总是艰难的，客观事物不以我们的意志为转移。那么就让我们先找些不那么硬的骨头来啃吧。比如说，只要一个冲动、一点决心、一些勇气，你就能改变自己的头发。

改变你的头发就能改变你的表情。

改变表情就能改变你的心情。

改变心情就能改变你面对这个世界的态度。

改变面对世界的态度就能改变你的人生。

每天，我们都会看到一些男男女女顶着各式各样的发型招摇过市。有些仿佛很美，有些仿佛很丑，很有可能我也在被你划入丑的那一堆。请不要嘲笑我们的审美或品位，因为那不是最重要的。重要的是我们想要改变的迫切欲望。

我们是一群得了生活狂躁症的人。

我是最没有方向感的人，这一点改不掉，学不会，仿佛是天生注定的。

小时候，地理课常常举行拼图比赛，平时总是自大狂妄的我，面对这种测试每次都不得不承认自己是个地理白痴。因为无论如何死记硬背，我就是记不清各大省市的南北方位。

长大以后，拼图是没问题了，但没方向感这个毛病似乎没多大长进。

我最怕遇见那些敬业而热情的出租车司机。他们总是会客气地征求我的意见："周小姐，你看，你是要走南北高架还是环线高架？或者我们也可以走地面，从这条路往西，穿过那条小路，然后再往北开，如何？"每次，我总是很随和地答道："随你，只要能到就行了。"事实上，我不能不随和，因为我从未分清过东南西北的位置。

如果一个人逛街，我绝对不会去徐家汇，因为实在搞不清楚那些错综复杂的地下通道。从一个通道下去，你会看到无数的人、无数的指示牌、无数的可能性。这种时刻，缺氧、低血压、低血糖都会同时并发。每次我所做的选择十有八九都是错的，为此误过不少事。所以，大多数的时候，我认为没有选择是一种幸福，太多的选择是一种痛苦。如果，你曾在徐家汇地下通道里看到过一个呆站着、脸色苍白、神情白痴的中等美女，不用怀疑，那就是我。将来如果再遇见的话，麻烦各位兄弟姐妹大叔大婶爷爷奶奶给指个路，在此先谢了。

我还做过更夸张的事。

我家住在中山路、西藏路附近，离万体馆不远。有一回我骑自行车去看演唱会，出门前我妈就挺担心我会迷路，所以千叮咛万嘱咐："你记住，只要沿着高架踩到底就到了。"去的时候倒还顺利。散场了，人潮汹涌。我推着自行车，看着那些拦不到车在路边干着急的人，心里得意得不得了，心想：没我聪明吧，骑自行车省钱、方便还锻炼身体。结果那天晚上我真的狠狠锻炼了一把。我沿着高架骑了40分钟还没到家，周围的景色却越来越荒凉，心里也越来越发慌。忽然，我听到了一阵轰隆隆的巨响，一列火车，不，是一列地铁从地底开上了地面。我再往前一看，锦江乐园的摩天轮正一动不动地矗在那里。我当时两眼一抹黑，差点没从车上摔下来，强烈的刺激化做了一声撕心裂肺的呐喊："天啊！全反了！！！"

现在，对于没方向感这一生理缺陷，我很认命。我知道，在这个城市里我并不是唯一整天在胡碰乱撞的人。我常常幻想自己正身处异地、漂泊它乡。熟悉的、陌生的，正确的、错误的，都不重要。就让我随着自己的心，一条道走到黑吧。这种感觉有点刺激，有点浪漫。

兰波说：生活在别处。

我觉得，我有一半的时候，都在别处生活。

蒸 蛋

夜里饿了，蒸碗蛋给自己吃。

蛋要选红心的，两个。搅拌均匀，加点盐，再加点水。水不能太少，也不可太多。少了蛋会老，多了就像蛋花汤。然后，把碗放进蒸锅里，用小火慢慢炖。上海话里把蒸蛋叫做炖蛋，我觉得更为形象。

要做出个评得上五星级的蒸蛋，并不容易。急性的人常在一开始的时候用大火，心想等锅里的水开了再慢慢炖吧。结果，一眨眼就成了蛋糕。慢性子的人从头至尾都用小火慢慢炖，等到最后没料到自己先失了胃口。急与慢是性格，也是处世的态度，命运也在急慢之间各不相同。做出一个又嫩又Q的蒸蛋，不是运气，而是看你用了多少心。从选鸡蛋开始，一直到最后撒上小葱和香油，每一道工序都不能三心二意。每隔几分钟都必须揭开锅盖关注一下它，看看是否要调节火候。或者，用筷子在中心轻轻地戳一下，看看是否已到了刚好完全凝结住的完美状态。这种心情和恋爱颇为相似。

白天我是不做蒸蛋的。太多的琐事，即使休息在家也会控制不住地心神不宁。这是一种强迫症，但现在已如同感冒、过敏一般寻常。心里不平静的时候，就做不出五星级的蒸蛋。刚开始，不知道这个道理，所以蒸出过各种奇形怪状的蛋。老到穿孔的，因为忘记而焦掉的，太咸的……但是，无论最后出炉的是什么，我都会把它吃掉，都是劳动的成果，浪费是不好的。再说吃一堑，才能长一智，失败之作吃多了，技艺自然也就精进了。生存于世上，有时不得不对自己残忍一些。其实，做坏的蛋看上去再不堪入目，动动脑筋还是有办法让它变得好吃的。比如，把蒸得太老的蛋拌在粥里，加上葱花和香油一样很可口。不斤斤计较善于变通得人，日子过起来并不那么痛苦。

只做过一次蒸蛋给别人吃。本来是想一显身手，结果那碗蛋只能用面目狰狞来形容。太多的爱，也会打破内心的平静。不同的是，那个不怎么美的成果，会有人替你承受并消灭它。幸福的感觉，有时会让人禁不住地产生一些邪恶的念头。譬如，故意做一个更失败的蒸蛋，让自己重温一下有人为你承担的快乐。

如果，你把这篇文章从头看到了尾，并认为有些许道理。那么，你一定和我一样是做不好蒸蛋的人。因为，我们都想得太多。

在冬天，想吃夏天的草莓。强烈欲望的产生，是因为任性。

才放完长假，又想去旅行。强烈欲望的产生，是因为得不到。

所以，在一个有太阳的下午，坐在窗口，吃暖房里长出来的红草莓，看风景，听陈升唱《一个人去旅行》。

最近，得了失语症。倒不怎么惊慌，因为它定期总要来那么一次，只是有些烦恼。我的失语症不是丧失说话的功能，而是丧失语言的精准度，简单地说就是词不达意。想说的是这个，说出的却是那个，总找不出准确的词句。有时心里一焦急，便成了磕巴，再一焦急，甚至会忽然忘记自己想要表达的内容和初衷。忽然就理解了直子对渡边说的那段话：

好像身体被分成两个，相互做追逐游戏似的。而且中间有根很粗很粗的大柱子，围着它左一圈右一圈追个没完。而恰如其分的字眼总是由另一个我所拥有，这个我绝对追赶不上。

直子后来选择用沉默的行走来应对。我没有办法沉默，我的工作就是说话，我只能努力地表达、表达、再表达。失语症的产生，是因为我们与外部世界连接的那条光缆出了错。村上为直子建造了一个如同天堂的阿美寮，即使这样直子最终还是选择了死亡。读书的时候，有个教艺术原理的老头每堂课都反复强调爱与死是人生的终极问题。面对这样的问题，有的人选择即使头破血流也要一个答案，而大多数人不求甚解也是一场人生。

其实，在这个城市中我们很容易就会患上失语症。每种公共设施的设计越来越便捷，便捷到不需要语言的交流；自从有了MSN，电话也懒得打了；即使在一个办公室内，我们也宁愿用MAIL来交流；和朋友的友谊已经化成了一组组短消息的数据代码；乘车、购物只要看得懂数字，然后掏卡出来照一照无须罗嗦半句话；许多不得不说的无聊话，反反复复到最后终于失去了把它说顺畅的耐心。很多事自己也搞不懂，到底是明白还是不明白。

冬天和夏天都是难熬的季节，因为它们性格分明。夏天的午后最适合躺在有草香的凉席上，逃离自己的身体。而冬天的下午，最适合的事是在24度的室温里，听喜欢的歌，手边还要有杯冒热气的茉莉花茶。我的失语症在这个冬天快要结束的时候爆发，我只能给自己两个选择：沉默，或，不停地说。这是一个没有避难所的世界。

傍晚，在出租车上给朋友发短消息。朋友去了北京，因为上海没有他想要的东西。以前，我们总会在失语症爆发的时候，见面喝杯茶。我们总能了解彼此七零八落的言语背后的意思，真是个难得的难兄难弟。

"郁闷。"我写道。

"一样。"他回复："会好的。"

PUBLIC

LALOINULNEB

REINQUIETEP

SOPINIONSME

IGIEUSESPOU

ELEURMANIF

ONNETROU

DRER

　　常去一个音频技术网站，上面都是些乱好玩的人，常贴一些让人想想就会笑的帖子。最近，有个人发了一个叫"透视镜"的小游戏。画面是一群普通男女在车站等车，但是只要你的鼠标点到他们的身上，你就能透视到他任何部位的"内在美"。有一个高大的肌肉男，一副阿诺的样子，透视后才发现他居然穿了一套带心形图案的少女内衣；还有一个妙龄美艳少女，实际上是一个男子易装而成；有个看似正经OM，结果却是个色情狂；最夸张的是一个欧巴桑，经过透视后你才发现，原来她钟情SM游戏。显而易见这是一个带点COLOR的搞笑游戏，可我觉得游戏背后的想法还真是颇有意味。我们每天都和很多人接触，我们有自以为最亲密的家人和关系牢固的朋友，可实际上你真的知道他是谁吗？我们每天打扮整齐出门工作，遇见同样的所谓各界栋梁，可实际上你能确定你们都是正常的吗？

　　认识一个女朋友，天生娃娃脸，无人不赞乖巧可爱。有一日不小心瞥见了她的一双纤纤玉足，大吓。十只脚指头涂满了红到妖艳的丹蔻，那种红是电影里风尘女子身上常见的夸张挑逗。最惊诧的还不是这个，而是时值深秋，脚趾早已过了可以展露在外争奇斗艳的时节，女朋友把这双魅惑的玉足深藏进了鞋袜之中。而在夏天穿凉鞋的时候，她的脚指甲上向来只用最可爱的粉红和最天真的珍珠白。没有人知道她的秘密，除了她自己和她的情人。那是一双充满暗欲的脚，它出卖了她的内心。大家都看错了她，其实她是一个长着娃娃脸的性感女人！每个女人内心都住着另一个妖艳的自我，大多数的时候她并不需要暴露于光天化日之下供别人欣赏，她最大的满足感来自于自我的想象。

　　我们每天都在玩猜猜你是谁的游戏。我们恨不得变成那个有透视功能的鼠标，这样我们就能看透老板的心、客户的心、情人的心、任何人的心。如能这样，我们就能无往不利，无战不胜，吃得香，睡得着，赚它个金银满钵！当然这些纯属我的无稽臆想。

　　可是我还是觉得，每天的生活充满了刺激和趣味，就如一部侦探片。你能从中得到多少乐趣，就要看你是谁了。如果你是毛利小五郎，那你最多只能体会到过山车的刺激。如果你是名侦探柯南，那你就能玩到惊声尖叫！

　　其实，写了那么多，我想，你也不一定能猜出我到底在想些什么。

　　呵呵。

考据

据说，闻一多先生留学的时候，住在一位美国老太太的家里。在老太太家吃饭时，老太太天天总爱问他："你们中国人吃饭是用两根棍吗？"闻先生总是很有礼貌地回答："是两根棍。"但心里想：这老太太怎么这么烦。一天吃意大利通心粉，老太太又问："难道你们吃面条，也用两根棍吗？"闻先生到这时才恍然大悟，原来老太太一直以为中国人用筷子吃饭，是一只手拿一根！

在这世上，因为主观臆断，误解或被误解的事太多了。比如说过年放爆竹，现在的人都认为是中国人喜欢热闹的传统习俗。而事实上，这个习俗最初产生是古人为了吓走"年"这头怪兽。当时除了放爆竹之外，还有"乒乒乓乓"砸锅摔碗的，有驱邪避祸的意味。估计古人的心情应该是既恐惧又敬畏。又道，现在的人天不怕地不怕，就怕财神不登自家门。所以，一到年初五凌晨，整个城市就像一架炸开了的爆米花机，美其名曰"迎财神"。我想，我们的老祖宗要是穿越时空来到现今，非吓死不可。放爆竹既然能吓跑怪兽，当然也会吓着财神爷，这可是大不敬。古时迎神祈福用的可不是和驱邪同一种法子。

中国有种传统的治学方法，叫做"考据"。推崇的是"实事求是"的治学精神——凡立一义，必凭证据。考据学者倒并不如常人所臆测的，皆是死钻牛角尖、脱离实际之辈。考据的范围，小到豆腐烟酒女子眉妆，大至历史文化宗教民俗。所考之物无论大小轻重，考据学者一视同仁，费尽心思从几千年中找出其本来的面目。这些考据之文，细细读来不仅长了见识，还颇有趣味。原来，我们平常以为的许多事都是以讹传讹的误解。这很像小时候常玩的一种游戏"传话筒"，末了一人和开首之人对答案时，很少有拷贝不走样的！对于这些考据学者，我的心里常存敬佩之意。治学之先，是做人。在学术上实事求是的人，在平日小事中必定也不会指鹿为马，这并不是件容易的事。

按理说，考据精神在各行各业都该是适用的。它的目的是挖掘真相，以正视听。但偏偏到了娱乐圈，它不仅施展不了它的本事，有时还能把泥潭子搅和成了屎潭子。这并不是指娱乐圈没有考据精神。恰恰相反，对于考据精神的"执着"，娱乐圈甚于任何行业！每天都有新鲜娱乐猛料出炉，然后一群娱乐考据学者又名"狗仔队"的专业从业人员，想尽办法多方出击，贴身肉搏的挖掘所谓事实的真相。而关注娱乐动态的粉丝们，再对这些报道进行主观上的二度"考据"。而猛料的造事者也毫不吝啬，隔三岔五总有"新据"出炉，当然也是打着"实事求是"的考据精神。最后的收场总是一出闹哄哄的罗生门。留芳的不多见，遗臭的倒是不少。如问有何实例证明，打开报纸、网站的娱乐版，十有八九都是这样的戏码。

谁都宣称考据出了一个真相，谁也不能确定真相是否是真相。或许娱乐圈根本就没有真相，皆是名利幻化出的虚象。万事过度，定会走向荒谬的彼端。

不知后人对20、21世纪的娱乐圈，会做出何样的考据之文？

　　白天，她在市中心一条幽静的小路上过朝九晚五的生活。楼是抗战时留下的，破旧却坚固得像一座碉堡。每天的工作就是打字、接电话、发呆、喝茶。面对着这个父亲为她安排的国企铁饭碗，她有如同面对鸡肋的感觉，但没有勇气改变。

　　失去最原始的勇气，是城市人的通病，因为我们患得患失。在一生中，为了理想，你下过几次破釜沉舟的决心？

　　她喜欢晚上一个人关在屋子里，看日剧。

　　她只看日剧。韩剧太悲，自己的生活已经劳心劳力，没有力气再去承担一场虚无的伤心。而台湾偶像剧太低幼化，我们已经过了不谙世事的豆蔻年华。只有日剧才能传递给她一种力量和认同。并且她坚持一个人看，因为在看的时候，她可能会哭得很难看，也可能会笑得莫名其妙。有时候，我们的情绪无关情节，而是细节。曾经发生过的刻骨铭心，若干年后你不会记得所有的原因和情节，你记得的也许只是他手背上的一颗痣，或者常坐的那个位置和当时的月光。日剧能让你感受到日本人对细节神经质的执着，而我们总能从中找到无法自己的感动。

　　日剧总是讲述各种爱情故事，可是每次看到结束的时候，却发现重点根本不在爱情，而是生活的态度。我们可以拥有这样的人生，也可以拥有那样的人生，其中的关键不是其他人，只在于我们自己的选择。

　　她最喜欢的日剧是《东爱》和《魔女的条件》。这两部老得不能再老的日剧，她都看过N遍。她喜欢莉香和未知，喜欢她们身上的执着和勇气，这是她所没有的。我们都渴望淋漓尽致地爱一场，可我们都不敢纯粹地淋漓尽致地付出，所以，我们就只能爱上偶像剧，跟着情节，和自己谈一场想象的恋爱。

　　有一段时间，她戴和莉香一样的银制耳环，穿莉香穿的那种裤装，把仙人掌种在干干净净的白色塑料花盆里。甚至做每件事、每个决定的时候，她都会把自己想象成莉香。她从来没有那么渴望抛弃自己，成为另一个人。她想以此来汲取莉香身上无穷的力量，成为一个能直面人生的猛士。有那么几个月的时间，她似乎真的获得新生，精神饱满，走路有风。可是没多久，她就累了。我们永远只能是我们自己。那几个月，她不过是一株懒寄生。

　　有时候下了班，一个人走在脏乱拥挤的街上，她会想起未知伸出右手对光说："走吧，我们只有抛开所有的一切！"她也曾有过这样的机会，但是她总是会情不自禁地想到很多莫名其妙的东西，比如说办公楼里淡淡的霉味，下午旧马克杯里温吞的茶水，常用的KENZO香水，想着想着那只欲伸出的手便松懈了，颤动了一下，最终停在了原处。一个人的时候，她会回味那种因为紧张而变得极度敏感的指尖传来的忽冷忽热的感觉。心底有个声音轻轻问："后悔吗？"

　　喜欢看偶像剧的人，无论承不承认，潜意识里都是对生活不满足的。他们有一点怯弱，有一点逃避现实，有一点不甘心，有一点人格分裂。

　　你喜欢看偶像剧吗？

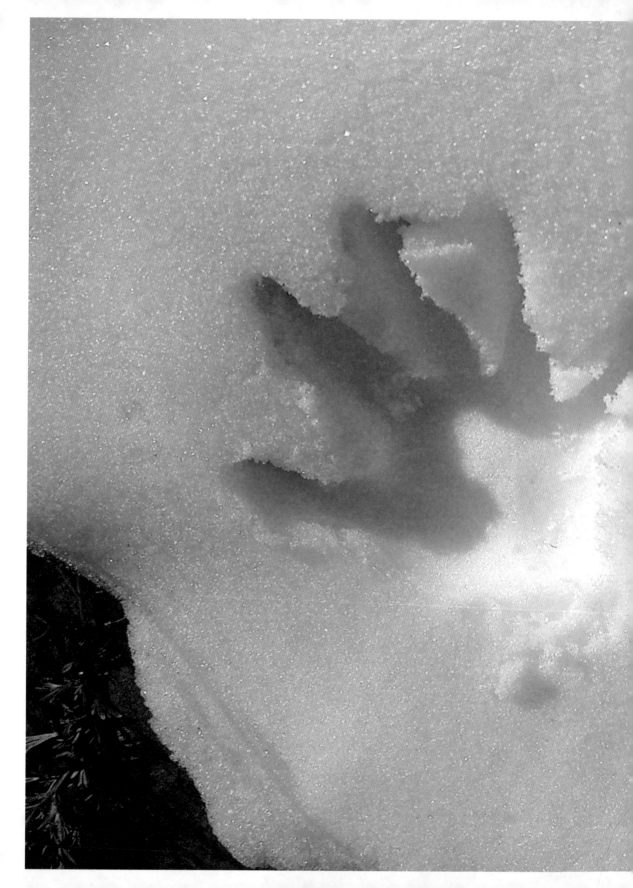

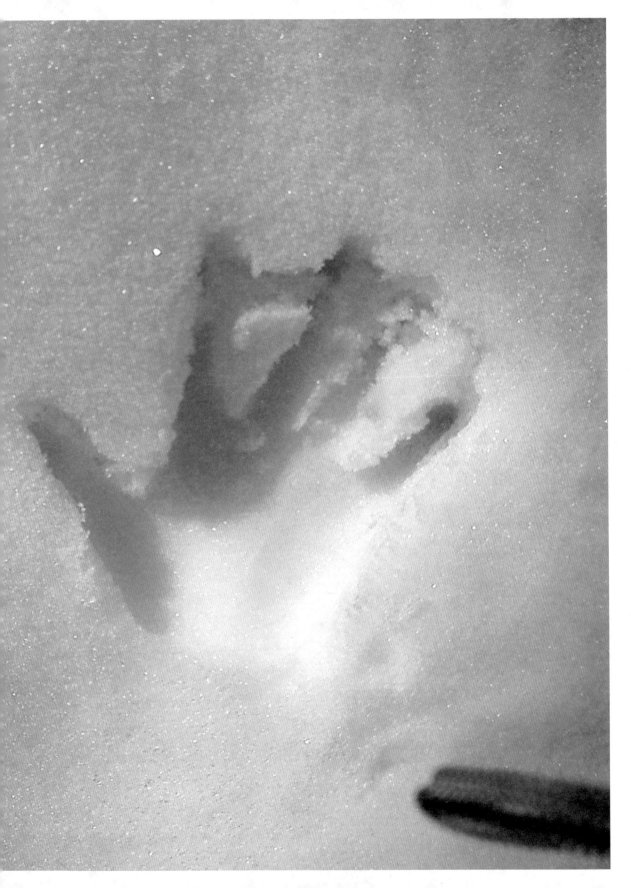

改名

录节目的时候，偶遇很久未见的朋友。见面第一句话是告诉我，一个月后他就要改名啦！改名的原因是因为有高人指点，说他这个用了二十多年的名字会克父。一个月后才能改是因为，高人给了他四十九个排列组合慢慢挑。名字不是光图吉利就行了，还要讲究艺术性。所以，这一阵朋友每晚就在家闭关研究这四十九种组合，希望从中找出个完美的名字。

据说，起名是门高深的学问，其中涉及到金木水火土五行之学，如果精通《周易》那就更厉害了！朋友看了看我的名字说："你的也要改！"我心里立即就"咯噔"了一下，忙问为何，朋友说："单名不如双名，天干地支不齐全。"旁边立即有人出主意说，要不就叫"周瑾瑾"也挺好！改名这件事我倒还从未想过。听我妈说，我这个"瑾"字，是我爸翻了三天三夜的《康熙字典》才找出来的，意为"美玉"。可能这个字对于女孩子来说寓意太好，所以在我念小学的时候全校就有三个叫周瑾的。念大学的时候，有个同系的师妹也叫周瑾。有一次同学还错把她的汇款单递到了我家，不知道她现在是否也在做主持人这个行当，否则真是件奇妙的事情。

从这个角度来说，我这个名字我爸起的实在不算成功！但是说到要改，我还真有些舍不得。除了念旧、习惯这些种种，更重要的是，这是我爸给我的第一份礼物，也是他对我的第一份期待。他希望他的女儿独一无二、与众不同，更期望他的女儿有美玉般净美温润的气质。事实上，当他起这个名字的时候，我还未出生。他根本不知道他即将迎接的我，是美是丑，是聪明还是愚笨。但是他愿意把这个未知的婴孩当作小公主来迎接，为她准备好美丽的名字和满腔的爱与喜悦。每个人的名字都是充满着巨大能量的，那是爱的能量。它是我们生命中第一道爱的印记，就像哈里·波特额头上闪电状的伤痕，时时庇佑着他。所以，我们的名字怎么会是不好的呢？

有的人改名是为了仕途，有的人是为了爱情，有的人只是期望能转运。我们没有能力改变世界、改变别人，改个名字是最方便的选择。大多数的人对五行、周易和我一样不过是一知半解、半信半疑，但一到不顺的时候总禁不住地想——或许真是名字有问题？

问题总是存在的，但我想不一定是名字。

人

　　有一种COCKTAIL的名字叫做"BLOODY MARY"，颜色血红，口味辛辣，喝多了会醉。世界上叫MARY的女人多如牛毛，但在历史上最出名的，当属亨利八世的女儿玛丽一世。此玛丽是个狂热的天主教徒，也是个冷酷的女人，她最大的嗜好是把人烤着玩。她毕生的理想是铲除由她爸当年一手扶植起来的新教。为了达到这个目的，在她执政的五年里把近300人送上火刑柱，其中包括教士，有富人，也有穷人，妇女，甚至儿童。因为她的血腥镇压，后人，尤其是后世的基督新教徒就称她为"血腥玛丽"。 1921年，正是20年代的高潮期。在法国巴黎的"纽约酒吧"，一位名叫Fernand Petiot的调酒师，把两块冰，鲜茄汁，挤点柠檬，几滴TABASCO酱，几滴WORCESTERSHIRE酱，几滴SHERRY酒和黑胡椒末，伏特加酒掺和在一起，调出了第一杯"血腥玛丽"，即BLOODY MARY。我个人认为，这是一种调法和口味都很变态的饮料，就和那位生在16世纪时的女王一样。幸好这种COCKTAIL只是附会了这个名字，如果是玛丽女王原创的话，估计喝完了就不仅仅只是会醉那么简单了。

　　我有睡前阅读的习惯，这几个月一直在断断续续地看两本书，一本叫做《刑罚的历史》（PUNISHMENT AND TORTURE）。顾名思义，写的是人类对罪犯所实施的制裁手段的历史。也许因为作者KAREN FARRINGTON是英国人，书里面涉及较多的是欧洲的刑罚史。或许你知道"十大酷刑"，或者在庙宇壁画里看到过人们对恐怖地狱的种种丰富的幻想。但是，看完此书后你还是不得不感叹自己想象力的贫乏，及承受力的脆弱。以高度文明自傲的欧洲人或许也无法相信，他们的先人竟发明过那么多的折磨罪犯嫌疑人的手段。直至近代，被宣布有罪的人通常只有两条出路——死亡或被奴役。仅英伦一国，适用于死刑的罪名就超过了200种。而处决的方式至少包括了生祭、活埋、沸煮、溺毙、钉死、绞吊、斩首、焚烧、由动物咬噬或用石头砸死等。而这些花样迭出的酷刑发明者里不乏国王、贵族、神职人员以及备受尊敬的专业人士。本文开首提到的玛丽一世就是其中不可或缺的一位。更难以想象的是，在很长的时间里，欧洲的民众是兴高采烈过节般地去围观酷刑的执行场面。这本书装帧不错，全部是彩页插图，充斥着各种刽子手、刑具、行刑场面的照片和绘画，你完全可以当作恐怖小说去阅读。最有意思的是，这样一本让你看完后内心充满黑暗和绝望的书，却是由一家名叫"希望"的出版社出版的。

和《刑罚的历史》同时在看的另一本书也是英国人写的JOHN·WISEMAN《生存手册》。据说这本书是英国皇家特种部队的权威教程，当年买的时候是觉得自助游时可能用得到，结果看了好几年都没看完。到底是权威教程，厚厚一本写得详尽，但不免枯燥。比较实用的关于救生和获取食物的章节，因为无法实践，理论记得再熟也没用。但是每次看到封面上的这句宣传语——这些方法和技巧已经不止一次地帮助人们挽救了自己的生命，或成为英雄，我总会禁不住又把它拿起来翻上两页。

一本是告诉你，人如何想办法把人弄死。一本是教会你，人如何想办法把要死的人救活。我每天在睡前，先翻翻这本，再看看那本，在思绪被折磨得完全混乱后，关灯睡觉。然后，乱梦一夜。

距离

　　在曼谷有一群人，他们白天各自有正当的职业。夜幕降临的时候，他们换上统一的服装抢救城市里的各种遇难者。在他们的队伍里，有男人、女人甚至孩子，最小的才十三岁。这是一个自愿加入的慈善组织，他们分文不收，每天自愿面临血淋淋的生死场面。有人才参加完大学毕业典礼就撞了车；有人想不通就跳河自杀；有人被卡车碾过半截身体……能救活的是少数。大多数的时候，当他们飞车赶到，看到的已经是尸体，很多还留有余温。

　　通过镜头，我看到他们中的一个男人清理尸体的过程。是一场车祸，车子因为撞击和翻滚早已支离破碎。尸体是割开车身后取出的，大家小心翼翼地把他抬到一片白布上，检查完衣裤口袋里是否还有遗留物，然后裹起来，抬走。那个男人还继续留下，蹲在那里寻找。他用手捡起几颗牙、一些身体组织的碎片，还有一些粘糊糊不知名的东西——这些无疑都是死者遗留在现场的身体碎屑。男人平静地说："我会尽量寻找，然后把它们和身体一起火化。"这是一个有宗教信仰的国度，人们相信此生死时的残缺，会影响来世的完整。所以，这群人自觉有义务让所有由他们带回家的灵魂，安心。

　　有人问他们，为什么选择做这种义工？那个男人说："能帮助别人，自己会觉得快乐。"那个十三岁女孩说："我们全家都是义工，我觉得很骄傲！"都是普通人，普通的长相，普通的学识，即使面对镜头也说不出豪言壮语。他们习惯用简短而平淡的语言来表述自己的想法。可事实上，当太阳升起后，作为一个普通生活着的人，他们是受到歧视的。因为对死亡的恐惧，人们往往连带着恐惧接触死亡的人。吃饭的时候没有人愿意坐在他们身边，在公众场所大家也躲得远远的。在众人的心里，这群义工是些异类。

　　活着的时候，我们在拥挤的城市中摩肩接踵，肉体间的距离无限接近，灵魂间的鸿沟却无法丈量。只有等到死了，我们变成了透明、纯净的幽灵，终于可以平静地相互安慰。难得的是，这群义工没有和众生一样，需到死时才明白这个道理。每夜都见到不同的死亡，还有什么不能心平气和呢？当然，更不会介意旁人的嫌恶。

　　在这群人中流传着这样一个故事，他们都相信这是真实发生过的。在他们中有一个义工在夜里下班后，在自己的家门口看见他刚才亲手送入医院的受害者。那个人对他微笑，并说："谢谢你送我回家！"然后就走了。事实上，那个人早在进医院之前就死了。那名义工当然知道，但并不害怕。对他们来说，这不是一个恐怖故事，而是一场温暖的告别。

　　因为懂得，所以慈悲。

甲之鱼肉，乙之砒霜

　　我妈是一家之"煮"，一家六口的胃都归她管（包括一条狗和一只乌龟）。来我家的朋友都对我妈的手艺赞不绝口。但据我的比较，这两年我妈煮的菜味道大不如前了。前一阵为了提高我妈的烹饪水准，我把她强制送入了社区烹饪班进行培训。结果，理论知识是丰富了不少，但味道还是没什么长进。经过深刻的总结我发现，锅还是那口锅，调味料还是那些油盐酱醋，老妈依旧是当年的老妈，变的是天天下肚的荤素食材。看看我们每天吃的，蘑菇是工业保险粉浸泡出来的，猪是吃着瘦肉精长大的，番茄辣椒是化过妆的，豆腐是用废弃石膏做的，豆芽是用氨水发的，蔬菜瓜果都是用激素催熟的，奶粉是假的，连鸡现在都被迫吃色素，为了能产下红心蛋！每天吃这些东东，没被毒死已经是不幸中的大幸了，哪里还能讲究什么味道啊。

　　恶心这件事是需要比较的。我小的时候还吃过些好东西，比如有青菜味的青菜、有西瓜味的西瓜、肉质甜美的正宗阳澄湖大闸蟹、漂着猪油香的蹄髈……虽然不是什么山珍海味，但比起现在这些"科学怪物"来，想想就令我垂涎三尺！可是，事已至此光抱怨也无济于事。追求光明和愉悦是人的本能。不要以为在吃这件事上我们是最不幸的人，其实在人类的历史上有人拥有过比我们更糟心的经历。20世纪40年代，德国有个叫瓦里绍瑟的家族。有一天他们在美国的亲戚给他们寄来了一些灰色粉末。家里人以为这是一种美国的汤料，所以他们把它和在粗面粉里加上水调制出了一份粘糊糊的粥，全家分而食之。事实上，他们不小心喝掉的是他们奶奶的骨灰。1979年，两个去埃塞克斯大教堂参观的旅行者，试着品尝了在400年前的墓里曾用来保存尸体的粘糊糊的腌肉汁，并告诉大家说："它有橄榄油的味道！"在19世纪70年代，有一队英格兰海军特种兵，他们仍然在吃65年前腌制的牛肉。在美国内华达州的一个叫韦斯·汉斯肯斯的男士，他发明了一种插着香烟的比萨饼，他连饼带烟全吃了。在20世纪20年代，有个叫布雷斯通的吃昆虫狂热者，他最爱的食物是烤蜣螂（注：蜣螂即屎壳郎，以吃动物的尸体和粪尿为生）。

　　诸如此类的恶心故事我这里还有一些，不过我想这几个已经够你吐一阵了。这些都是真实发生过的事。不得不承认，人是一种有无限潜能的神奇生物。最令我诧异的是，吃这些恶心东西的人大多是主动而不是被迫的，有的还颇为享受。真是甲之鱼肉，乙之砒霜！和他们相比，我们平素里吃的那些种种真可以称得上健康而美味！

　　不过仔细想想，其实也不一定。起码人家吃的东西上面，没喷过化学制剂啊！说不定，你想和别人换，人家还觉着恶心呢！

在爱的名义下

卡夫卡死的时候，曾留下遗嘱。卡夫卡对他的朋友布洛德说："我求你把我的一切全烧掉。"卡夫卡死后，他的作品以四卷本在法国出版。其中包括未完成的作品、初稿、被废弃的文本，还有日记和私人信笺。不要指责布洛德背叛了最好朋友的遗嘱，因为这一切都是出自他对卡夫卡的爱，对其文字狂热的爱。所以，他忘了卡夫卡是一个多么羞涩、对自己作品多么严谨的人。他也没有察觉到因为他的爱，卡夫卡将永远赤裸裸地悬挂于众人面前，包括他的美和他有权利掩盖的丑。

2001年，盛夏。陈子善先生在南加州东方图书馆，发现了张爱玲从未发表的遗作《同学少年都不贱》。当年张爱玲未发表这部作品的原由是因为，她和她的朋友都认为作品本身有很大的毛病，所以便搁开了。因此，这是一部被作者取消的作品。但是，很不巧，当年张爱玲曾把稿子寄与密友宋淇，宋氏夫妇保存得又出人意料的好，留了下来并转寄于台湾皇冠出版社保存。终于，今年皇冠在建社五十周年时，不失时机地推出了《同学少年都不贱》的繁体单行本。紧接着，内地简体本也隆重登场。陈先生在此书的序中，用了"喜讯"二字来形容小说终于公之于世这件事。听说，书的销量甚好。这不足为奇，仅在上海，树上掉片叶子下来，十有八九能砸到个把"张迷"。谁说不该出版这部被张爱玲丢入垃圾堆里的作品？我们都爱张爱玲，只要是她写的都是精品。我们那么喜欢她，翻翻她的垃圾堆，找些遗珠聊以自慰应该是无可厚非的吧？这本书我也买了，看了一半便搁开了，张爱玲当年的判断是对的。这部中篇还只是一个粗糙的胚胎，却被人自作主张地拿出去贩卖，还在上面贴上了精品的标签。幸好爱玲已经不在了，否则她断然受不住这样的难堪。

梅艳芳离世已有许多时日了，但她的新闻之多比起生前有过之而无不及。梅小姐当然已无法开口说话，所以梅妈成了最有资格的全权代言。短短的三四个月，梅妈不顾高龄把梅姐生前的亲朋、好友、学生、经纪人，甚至香港金像奖通通炮轰了个遍！并频频自动站在媒体面前曝光所谓内幕，当然包括梅姐生前种种不为人知的隐私。在梅妈的哭诉下美丽坚强的梅姐不复存在，存在的是一棵人人得以欺之的苦菜花。而梅妈也从一位令人同情的母亲，变身为近期香港最引人注目的娱乐炮手。我不怀疑一位母亲的爱子之心。女儿坎坷一生、英年早逝，做母亲的哪能不悲痛欲绝！但任何人都没有权利去打扰逝者的安宁，即使你是他至亲的人。那些在她生前不愿说出的话、不愿说破的事、不愿说明的真相，谁都没有权利在她死后自以为是、一厢情愿地到处嚷嚷，并打着替她"伸冤"的旗号。即使你的出发点是因为，爱她！

在爱的名义下，我们做了多少残忍的事啊！

私奔去远方

我是一个要冬眠的人。不知道是不是属蛇的关系，入秋起每天都要睡满十二个小时才会醒。夜里一点睡下，然后昏迷，醒来的时候已经能看到正午的太阳，还能闻到妈妈炒菜时散出的香香的油烟味。想想一分钟前的梦境，会有恍惚的感觉。

喝一杯豆浆，当作BREACH。把阿财搬到阳台上去晒太阳。阿财在比我更早的几个月里就进入了冬眠状态。它把自己埋进我为它准备的沙子里，闭上小眼睛，四肢扭成舒服的姿势，睡得香极了。有时，在安静的下午，我甚至能听见它打呼的声音，虽然大家都说这是我的幻听。太阳好的时候，阿财也会暂时醒来活动一下筋骨。它还是没有放弃练习跳高。有一次，我把它放在窗台上晒太阳，几个小时后再去看它时，它已经跳楼了，口吐鲜血仰天躺在楼下的水泥地上，一动不动。我吓坏了，指天发誓说要是阿财死了，这辈子不再养乌龟！也许是因为二楼不算太高，也许是阿财的生命力比较顽强，后来什么也没发生，阿财继续冬眠。只是我落下了强迫症，每天早一次晚一次一定要把它从沙子里挖出来，检查一下它是否还活着。人需要常常受点刺激和惊吓，这样才能体会比较多的幸福。只是，今年冬眠着的阿财做的一定是一场烦心的梦。

阴天，坐火车去杭州。没有目的，只是想在西湖边喝一杯碧绿的龙井。风很大，湖上游船里的人照样兴高采烈。湖边男女老少闲闲地坐着，喝茶、磕瓜子、剥橘子。是工作日，但没有人焦虑和担心。在西湖边坐下，喝茶就成了头等大事。我是个极端狂想症患者，只要坐定无事必会胡思乱想。那天幻想回到了千年前的五代吴越国，成为长歌善舞、琴棋书画无一不通的乱世名姬。只是想想就兴奋了一下午，结果乐极生悲，在回来的车站餐厅里居然遇到要抢我橘子的乞丐。我花了一块钱保住了我的橘子，飞也似地吃掉后，带着一手清香回到了家。

随手拿一张唱片，是陈绮贞的《GROUPIES》，上面有她送给我时的签字。我看落款，日期是2002年11月27日，一转眼一年过去了。我还记得她的样子，短发，瘦弱，黑眼圈，指尖上满是弹吉他留下的厚茧子。随身的包里喜欢放中古相机、唱片和药盒。这是一个学哲学的双子座女生，有一种脆弱、坚硬加神经质的气质。以前，有一次我对还在滚石干活的老顾说，我喜欢你们这次发的陈绮贞的《吉他手》。老顾回答我："千万别对我说你喜欢什么，只要是你喜欢的大都卖不好！"我想也对。再说卖不好就卖不好，反正陈绮贞也不适合被歌迷痛哭流涕地抱着说"我爱你"的场面。有些人的磁场天生只能容纳少数人的存在，前两天在新闻里看见她和她的男友在香港开了三场小型个唱。电视里的她还是那个样子，用细细的嗓音唱歌，而弹吉他的手却充满了热情和力量。

2002年的时候，我带着陈绮贞的唱片到处旅行。喜欢她的《小步舞曲》，最适合在火车上听这首歌，想象和喜欢的人私奔去远方。

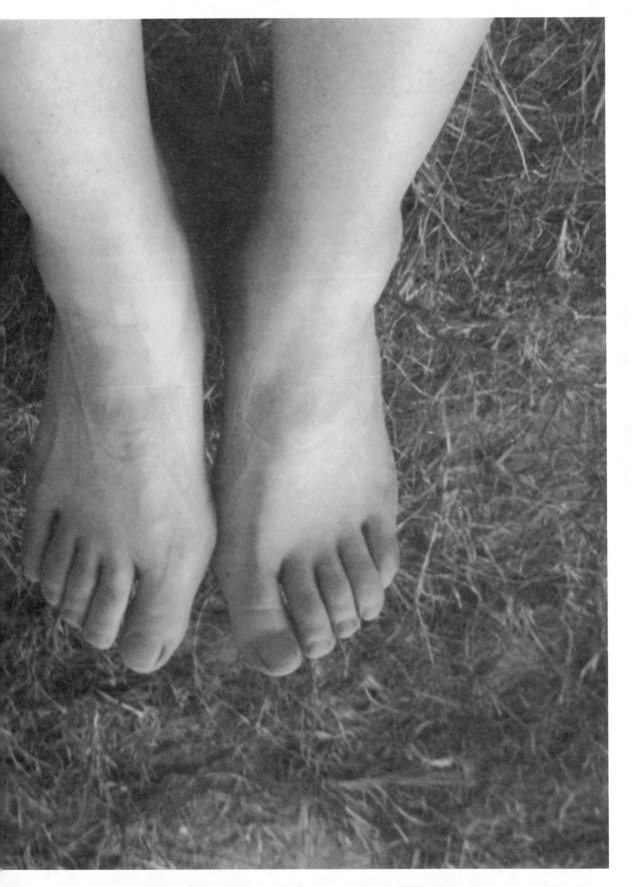

你中招了吗?

女朋友喜欢一个男孩子已经有八年了。这个男人在我看来既不英俊也不有趣,当然也不怎么会挣钱(女友和大多数的女人一样幻想有朝一日能过上少奶的日子)。但是,各花入各眼,爱情来的时候就如同沙子迷了眼、猪油蒙了心!八年抗战,按理早该结成正果,动作快的连孩子都会打酱油了。可怜我的女朋友却还处于半死不活的暧昧状态,无论她怎样明示暗示、作天作地,人家都从容应付、有理有节。隔三差五女友都会自动自觉地向我报告战况,反复描述经过、细节再加上她的猜想和臆测,也不管别人在睡觉还是如厕。即使像我这个有多年临场经验的主持人,有时要打断她的唠叨夺回话语权也是一件十分困难的事。不过,要不是亲眼看着事情的发展过程,别人还真会以为这是一出戏。一哭、二闹、三上吊,只要你在苦情戏里看到过的戏码,女友都在我眼前活生生地上演了一遍。最离谱的是前两天女朋友又打电话来说,怀疑对方实际上是同性恋,所以苦追那么多年两人连小手都没牵过!还逼问我,是不是也有这样的怀疑!天哪,人家说恋爱中的女人智商低,真的一点也没错,都八年了还在讨论有没有牵手的问题,那只有三个可能性:一,此人有隐疾;二,此人是同志;三,此人对你没有任何兴趣。如果真的是前两种可能,那就赶紧去买彩票,因为你的额头比天花板还高。照理说常人听了这样的诤言多少都该有些明白了,可我那位亲爱的女友却还在那里誓不罢休非要弄明白人家的性取向!闺中密友是这样的人中奇葩,看来我也该赶紧去买彩票。

一种米,养百种人。看多了你会发现,但凡遭遇爱情,许多人都会处于亚正常状态。疯疯傻傻、痴痴呆呆、要死要活的我都见过。还见过有人因为得不到,真的得了妄想症。谁说爱情是甜蜜的,碰到的人都像着了魔、中了招。

不知何时起我爱上了某报的"口述实录",每周一篇绝不错过。我妹非常鄙视我这一癖好,她认为"口述实录"里的种种故事都是假的,世上哪有这么多稀奇古怪、匪夷所思的情爱故事!而会在报纸上公开自己隐私的人,在她的眼里更是病得不轻。当然,像我这种每期不拉、兴致勃勃的看客,基本等同于神经病。不过,我想就算全世界人民都鄙视我,我可能还是会在厕所里偷偷摸摸地每周读一次别人的故事,然后感叹一番。生活从来都不平淡,特别当我们追逐爱情的时候。只有还未真正经历生活的人才会怀疑它的真实性。据说,这个版面极受大众欢迎。看的时候每个人都把自己设想成文中的叙述人,想象自己要是遇上这种事会做出怎样的选择,当然每个人都会觉得自己比别人来得英明。但是,总有那么几次你会发现那个故事、那个人仿佛似曾相识。何时何地,自己也曾那么想、那么说、那么做、那么痴缠不休。

唉!谁没中过爱情的招,中招时谁不是一脸傻相!

后排右座

最常坐的交通工具是出租车，我习惯坐在后排右手的位置。

在整个出租车上，后排右座是最有趣和最有想象空间的位置。无聊时，你可以看看前排椅背上的广告。世道好的时候，常看到的是餐饮广告。天天特价菜，来就打折，吃完还有送。宣传照上鲜美多汁的鱼翅和鲍鱼，价钱便宜得像粉丝和鸭蛋。让人禁不住地就生出"不吃就吃了大亏"的念头。还有想得周密的商家，除了摆上一张制作精良的广告，还把店里的名片插在边上，并客客气气地印上一句凭此卡消费能兑换九折卡一张。我估摸着会仔细揣摩这种广告，并留下一张小卡片的该是女人居多。反正坐着也没事，便照着广告上写着的价钱算算吃一顿约莫的花费，好像还蛮划算！可是女人消费的冲动往往都是一时的，大多数下车没多久就把这件事忘了。出租车上的广告有时还是流行的风向标。非典的时候，几乎所有的车上都贴了维生素、泡腾片、消毒液的宣传。梅艳芳去世后，一夜之间世人都关心起了女性的生理问题。最夸张的时候，朋友见面的问候语也改成了："你去体检了吗？"老话说"一日之际在于晨"，一大早上睡眼惺忪地爬进车里，一张眼就看见某妇科医院的广告，用词之直露颇有当年"老军医"的遗风，这样开始的一天总令人百般不爽。这一阵流行起了人造美人，车上顿时又多了不少整形广告，割眼皮、垫鼻子、磨腮、削颧骨、隆胸、抽脂、种头发……没有做不到的，只有想不到的，并且都打着诱人的广告语——安全、无痛、无反弹并且廉价，仿佛那些医院里请的不是医师而是上帝，回炉重造就像吃豆腐那么容易！想起有次在报上看到的一则隆胸报道，说有位小姐有天早上起床，一低头吓一跳，自己居然长出了四个乳房，有两个还长在肚子上！原来当初隆胸注射的液体，擅离职守自个儿溜达到肚子上去了。最令我受惊的是，这位小姐因为上班来不及了，也赶不上去医院，便自己动手把那两坨东西慢慢移回原位，再用内衣固定住，然后上班去了。据说，上班时又掉下过两回，这位小姐都用相同的方法解决了，真是女中豪杰！不知道她当初是不是受到了这些车座广告的蛊惑？看来这世道是美死胆大的、丑死胆小的！

坐在后排右座，常会拣到一些零碎物件。比如，一张写有电话号码和姓氏的便条，价值不等的硬币，喝了一半的饮料，过期的旧报纸，一片剪下来的指甲，一根女人的发卡……有时你还会闻到上个客人留下的气味，香水味、烟草味、三天没洗头的油哈味……每一丝蛛丝马迹都是一个故事，你可以想象，但你一辈子都不可能知道确实的真相。

在这个城市里，或许会有许多人和我一样，习惯坐在后排右座，不由自主地想入非非。

事已至此

手机突然之间就没电了，干净利落，非常彻底，连一秒钟开机的可能性都没有，标准的SUDDEN DEATH。没带备用电池板，充电器离得也很遥远，只能被迫过一天耳根清净的日子。手机这玩意一旦没了电，就变得很奇怪。平时有事没事老叫个不停时，总想把它扔得远远的。现在它一动不动，别说叫，连亮都不亮了，简直就是一块死面疙瘩，我却死捏在手里不肯放下，那感觉如同万蚁噬心般的难耐。可是，事已至此，也只能说服自己把它扔进包里，眼不见为净。

最近突然多了句口头禅——事已至此。稿子过了DEADLINE还是写不出来，每晚在电脑前枯坐到两点如同便秘，只能对自己说："事已至此，那就先睡吧，说不定梦里做到好玩的事，明天就能捣鼓出一千个字了。"答应别人的约会，结果迟到了。堵在高架上放眼望去如陷沼泽，心想："事已至此，不如先在车上打个盹，反正总是对不起别人了。"做节目时，搭档一个人滔滔不绝，完全把我当摆设，几次插入都以失败告终后，不得不安慰自己："事已至此，不如闭嘴。对着镜头找到最佳角度，偶尔做做花瓶也不错。"总有挑剔的观众会在网上抱怨："这人长那么丑居然还在做主持人！"看到这样的意见，我也只能在心里默默抱歉："事已至此，还请多忍耐或者选择换台。"

任何事情到了"事已至此"的地步，总是无奈的。人生之中，不如意的事十之八九。"人定胜天"是一个终极大概念，但细化到个人的身上倒也并不一定。但"事已至此"的态度在我看来并不尽是消极悲观，有时不乏否极泰来另辟蹊径的意味。事情已到了靠你自己的能力无法逆转的地步，为了过下去总得想出一个让自己好过的方法。村上说，只要把"就那么回事"和"那又怎样"这两句话牢牢嵌入脑袋，几乎所有的人生关口都可以大体应付过去。其实这两句话接在"事已至此"之后，最是合适。前一句是彻悟之后的豁达，后一句则有死猪不怕开水烫的气势。这种处世应变的境界，是需要修炼的。达到此种境界的高手，娱乐圈里最多。娱乐圈就是一条贼船。船上的贼，船外的看客，时常就把你推到了事已至此的境地。若你不知如何应变，别说下船，保命都不易啊！看看最近深陷是非的那几个腕儿，就明白了。

其实，不管是什么圈的，谁活着都不容易啊！但事已至此，我们要不拥有大彻大悟的智慧，要不就只能拿出死猪不怕开水烫的勇气了。

死在第三关

打GBA打到失控，日子过得晨昏颠倒。清晨四点睡下，连做梦都在按左右键。玩的是一个中古到都不好意思说的游戏——魂斗罗。我自己知道，我打得真的是很烂！但是就是停不下来。与其说是游戏精彩，还不如说是我深深地沉迷于什么都不想的白痴状态。我喜欢玩的游戏都是属于比较弱智型的，比如泡泡龙、雷电、接龙……奇怪的是，越是这样的游戏越是容易上瘾。我还做过在暴冷的晚上，打车跑去游艺房打泡泡龙的事，那种情形很像十四五岁的逃家少年。最尴尬的是那里高手很多，自己水准太低，常有人在身后看上一会，然后发出极端鄙视的"哼"声，就走了。可是没有办法，即使已经打到颈椎突出，我还是要继续，因为这是我最近找到的最好的排解郁闷的方法。

其实只要活着谁都会郁闷，我的并不见得就比别人来得多。但是，像我这么容易崩溃的人还真不多见。其实都是一些小事，说出来会被别人笑死。最近一次抓狂的起因，是这样的：前两天去主持朋友的记者会。那天是情人节，不知道是不是这个原因，造型师特别兴奋，突发奇想地为我设计了一个造型。折腾了半天，完了之后我一照镜子，天哪！绿色的眼影、绿色的毛背心、绿色的紧身裤、头发上居然还绕了一根绿色的铅丝，整个人就像一根才从地里拔出来的葱！由于时间来不及了，那天我就只能像一根葱似地种在台上面对无数的媒体同仁们。晚上看到BBS上还有一观众留言感叹道：周瑾今天真的好绿啊！我心里那个堵啊！

接着第二天要直播，那天我特地挑了件不带一点绿色的衣服，决心一雪前耻。录完节目之后，心情特别愉悦，自己觉得今天应该是美的。所以，美滋滋地和大伙一起看节目回放。结果，片头一完镜头切到我的那一刻，我"轰"地就晕了。我的头居然是方的！因为我的刘海是平的，那天发型师帮我把耳边的短发做成卷的，不知是位置不对还是其他原因，总之我就变成了一张方的扑克牌！据同事的回忆，我当场就开始抓狂了。抓住每个人尖叫："你看！今天我的头是方的！"有个导播想安慰我说："我看还好啦！反正大家每天都看到你，不会管你的头是方是圆。"这下可好，本来已得了失心疯的我，顿时找到了控诉的对象："都是你不好，你在现场看到了我的方脑袋还不提醒我，你就是谋害我的刽子手！"

第三天本来是休息，结果接到了临时顶班的通知。一大早在半梦半醒之间摸到了电视台，这已经够惨的了，谁知道因为是顶班，衣服的尺寸都不对。结果终于找到了唯一一件我能穿的衣服，我一看都快哭出来了！又是绿色的，而且是碧绿碧绿的，比上次扮葱的那件还要绿！不仅如此，它还被设计成了围兜状。在洗手间换完之后，造型师在一旁直夸赞："真嫩！真可爱！像个小学生！"我一哆嗦，转身，扶着墙就出来了。

我承认，我有处女座典型的龟毛脾气，不能容忍无序、失误、细节的不完美，特别是一而再、再而三地死在同一个坑里。最可悲的是，这种事常像是命运的安排，自己完全不能控制和预测。为了缓解这种无奈的郁闷，我只能没日没夜地打魂斗罗，因为这件事我有完全的心理准备并能预知结果——我一定会死在第三关"起重机怪物"的连环炮下。

没谱青年

有一阵，迷上了一首郑钧的歌，名字叫《怪现象》。调儿不怎么样，但那词真是令人拍案叫绝。所以，那阵遇上圈里的几个狐朋狗友开场白必定是：咱们这么混能成功吗？结束时不忘感叹一句：你丫这个没谱青年！

我认识一堆没谱青年，真的，大多数还是特铁的朋友，他们把我的生活搞得丰富多彩、乱七八糟。有时候想想，觉得真奇怪。我爸妈都属于那种做事踏实严谨的好同志。我又是处女座的，每一本星相书上都说，处女座的人做事有理性、喜欢有条理。为什么我会交上那拨没谱青年做朋友呢？

左思右想、痛定思痛。在一个漆黑的午夜，忽然领悟。原来，罪魁祸首就是——他！正是因为他，我才"有幸"认识那么多没谱青年。

我是两年前认识他的。那是一个寒冷冬季的晚上，我和电视台的一拨朋友，在一家新疆烤肉店吃得正欢，他就来了。那时我俩虽混迹于不同的圈子，但因为有几个共同的朋友，所以，没有见过面，但早就听说过对方。

现在想来，那次见面，只能用六个字来形容——惊天雷，勾地火！当时，他一个箭步蹿上，紧紧握住我的手，惊叹道："你不就是那位美女嘛，久仰久仰！"事出突然，我一下被糖衣炮弹击中，脱口而出："你不就是那位风流才子嘛，幸会幸会！"一来一往当场恶心倒一大片。

事情往往是无巧不成书，没隔多久我们俩就成了同事，一起合作一档广播节目，名字叫《都市晨曲》，我的噩梦也就此开始。

这位青年才俊什么都好，有理想、有道德、有文化，就是做事没谱，合作那么久就愣没见他准时过，迟到个半小时一小时的，都属正常误差。每次打电话去催，他那头都说快到了。开头几次我都善良地相信了他，后来久了我才明白，他所谓的"快到了"事实上是指才出门。不过这人毛病虽然死不悔改，但态度一向很好。每次蓬头垢面肿着脸冲进录音棚，总是先赔笑脸后讲好话最后许诺N顿哈根达司。我承认我是一个没什么气节的小女人，往往一听到有冰激凌吃就立马原谅他了。所以，迄今为止他还是经常迟到，我就经常吃哈根达司。有时想想，他有这种恶习其实挺好的。

做我们这行的，一上节目人人都是话痨，但下了节目很多人却是自闭症儿童，比如说我。所以我最喜欢和他一起吃饭，因为他特能瞎掰呼。上节目是这样，下节目就话痨得更厉害了。说八卦，他拿手，圈里圈外的新闻、小道消息没他不知道的，还能绘声绘色地描述和评论。要聊玄乎高深的，他就更得劲了，谈人生聊理想外加哲学和文学，总之，但凡愤青和文青喜欢的那种没谱调调他都爱。你要来点俗的，那也没问题。每隔一阵他必和他那群没谱朋友聚会，每次，我们都会为一个挣钱创业大计聊得热血沸腾，结果总是酒足饭饱、过足嘴瘾后，各自回家，第二天就再也没人提这茬了。我呸！全都是没谱青年！最可恨的是，我回回都是好了伤疤忘了疼，这种没谱聚会我次次不拉，还打心眼里觉得，对我们这拨人来说，只有想不到的，没有做不到的！

　　我就这样和这位没谱青年处了一年，要说对他的评价，一个字 —— 烦！两个字——讨厌！三个字——受不了！这人老迟到、老蹭我的棚、蹭我的手机、答应我的事从来不办、丢三落四、做事超级没条理，总之他让人烦的事真是罄竹难书。但没法呀，组织上安排我们做搭档，我就只能忍着，大不了也就多吃他几顿好的。

　　某天，又碰到他了，不着边际地聊了几小时，末了，他忽然来了一句："下个月你答应我的那件事可别忘了，别再做没谱青年了！"

　　"我？没谱青年？"

　　"你以为你不是啊！"

　　啊，原来我也是？！

　　一股悲愤之情直冲我脑门，一声呐喊砰然而出 ——"陶海，你说咱们这么混能成功吗！"

自得其乐

每个星期天的下午两点，我都要做一档电台直播节目《动感星期天》。这是一档特别疯狂的音乐节目，除了放歌之外就是我和搭档野营天马行空的乱侃，并时常以仇家的面目出现以增加戏剧效果。我们设置了一个虚拟的病区，自封为三楼楼长。如果你觉得不爽的话，就可以打开收音机进入病区和我们一起发发疯。如今我们已经有了一个庞大的病友群体。大多数听我们节目的人都是正处于郁闷、无聊中，想要寻找快乐的人。基本上，我们都能让大伙不满而来，满意而归。

有时做直播的时候，听友会发来短消息问："你们不说话的时候，都在干吗呀？"其实有很多人都在揣测，打开话筒异常开心、兴奋的我们，关掉话筒之后究竟在干什么？有人猜我们在吵架，因为我们平时的对话方式大多以争论为主；也有人猜我们没准儿就在直播室里打起来了；还有想象力丰富的，把我们想象成一对欢喜冤家，工作之余顺便把恋爱也谈了！实际上，有的时候，我们在很无聊地看风景、发呆，或者和着正在播的歌一个人卡拉OK。更多的时候我们在抱怨："这首歌怎么那么长！怎么还没轮到我们说话！"我俩都把说话当作一种发泄。所以，与其说这是一档娱乐大家的节目，还不如说是我们俩自娱自乐、自得其乐的节目。它的功效有点像心理治疗，通过一个虚拟的环境扮演一个虚拟的角色让自己的精神放松。如果经常不开心也算是一种病的话，我们都是有病的人！

有一次野营夸我的专栏。野老师一般不怎么夸人，在这世上能让他看得上眼的人和事，屈指可数。所以，当时我的心情非常雀跃，急忙询问好在哪？结果，他既没提我的文学造诣，也没夸我才情过人，反倒是对我的专栏名连连称道。我的专栏名字叫"自得其乐"，成语词典上的解释是：自己能够得到其中的快乐，指做事或生活觉得很有兴味和乐趣。野老师说："这名儿起得好，干我们这行就得有自得其乐的精神！"

其实，我觉得不仅仅是我们这行，任何人要想活得高兴，都少不了自得其乐的精神。前不久有人报料说，演艺圈里怪病多，有抑郁症，有厌食症，还有咨询恐惧症！这让我想到以前看到的一本书名叫《都有病》，意思说这世上没有完全健康的人，每个人或多或少都有生理和心理上的疾病。的确，生活中大多数的时间都是烦心和无趣的，这和你的收入、社会地位没有必然的关系。就像我，大伙都觉得我的生活该是精彩无比、有趣至极，实际上我经常抱怨生活没有高潮点！所以，当初我会给自己的专栏起名叫"自得其乐"，也是为了勉励自己。

快乐是什么呢？快乐就是皇帝的新衣。你可以说它有，也可以说它没有，关键不在于它到底是否存在，而在于寻找它的你。

想啥呢，你

　　有一天晚上，做了一个奇怪的梦，梦见自己产生了一种不可抑制的饥饿感。已经很晚了，只有一家小店的灯亮着在卖热狗，店主是我的朋友。然后我就站在马路上吃热狗，吃了一个又一个，吃了很久还是很饿很饿。后来，就被吓醒了。那种恐怖的感觉我现在还记忆犹新，吃了很多东西，却一点不觉得饱，只能不停地吃，想停也停不下来，心里还在担心够不够钱付帐。因为害怕自己真的会变成饥饿狂，那天中午什么都没敢吃就跑去做直播。忍不住在节目里提了做梦的事，结果，收到几百条关于梦的短信。这才知道，关于梦，每个人都有千奇百怪的经历。以下是部分摘录，仅供欣赏。

　　小叮当　前两天我梦到我的一个同学只身去流浪了，他什么都没带，除了一本牛津高阶英文字典。

　　绿豆　做恶梦怎么办?我同学做恶梦就使劲在梦里面翻白眼，翻到自己醒。我做恶梦就使劲在梦里面找河啊、海啊、阴沟啊、大楼啊，然后跳下去，脚一蹬，就醒了。

　　小猪猪　我没做到什么奇怪的梦,不过我的同桌梦到我在肯德基往他的情敌嘴里狂塞鸡腿。

天堂精灵 我老做连续剧梦!一个梦做到一半,第二天晚上还能接着做下去,然后几天一直接着做,直到圆满大结局!很酷吧。

樱空澈 梦到和仔仔一起吃冰激凌,超幸福的!

KATHY 我总是梦到我要跳楼,而且有一次晚上梦到吃一种蛋糕,第二天真的就吃这种蛋糕,预感比较准吧。呵呵。

岗岗 我曾经梦到穿着白色婚纱在高架上骑自行车来着,应该是逃婚吧,而且还是大白天呐!

希扬 昨天去新东方上课,精神振奋全神贯注,结果夜里梦到在口语课上睡着了,梦里醒来,嚎啕大哭自责万分,然后尖叫一声:妈,你怎么没叫我?!

未填写 我曾经两次梦见龙卷风,不过都不一样,我倒还好,没事!可是我的朋友倒是被卷进去了!想救她已经来不及了!

茅茅 我每次要考八百米以前都会做梦自己和明星在跑步,至今已和谢霆锋、安在旭、余文乐、陈慧琳、郑少秋等人共同跑过步,我结哎吧?

碳酸 我有次梦到牵着她的手在马路上打怪兽。

猎人 我梦见我过世的曾祖父带来一个女孩让她做我女朋友,害我在三天内见女孩就像见鬼一样。

清水寒池 有一阵一直看日本鬼片,有一晚总算睡着了,竟然梦到教我们的数学老师变成贞子的模样,全校只我一个逃出魔爪耶!

SEE YOUR FACE 因为看见两男同学奇特的举止,梦到十年后的他们拖着大包小包来投靠我,说国内没有他们的容身之地,要挺着大肚子的我收留他们!

小雅 我曾经梦到过我的一个同学嫁入豪门麻雀变凤凰了,而且她知道一个很大的秘密,一边有许多特工在追杀她,另一边有许多记者要采访她。

Snail 我曾梦到我去一户人家抢劫,那人拿出一大沓钱给我,然后我说:"不要太多了,我只要三张……"

老话说,日有所思,夜有所想。看看这些梦,唉!平日里咱们都在想些啥呀!

摒住

参加动感101的派对，领导千叮万嘱要穿得性感又美丽，因为要走星光大道。自己频道的事，当然赴汤蹈火也要在所不辞。那天，我有生以来第一次穿着抹胸式的上装出现在同志们的面前。到了现场这才知道，原来会场在楼上而星光大道却设在露天的广场上。虽然已是初春时节，但是用春寒料峭来形容当晚的气温正合适。从休息室出来，一拉开玻璃门，一阵大风迎面扑来。"噌"地一下，身上所有的汗毛全都竖了起来。站在我身边的陈志朋不断地问我："你冷吗？"我深吸一口气，答道："没事，摒住！"那天，短短百来米的路走得那个叫辛苦哇！冻了个透心凉不说，还担心热胀冷缩后的身体会不会变瘦？这可直接关系到那片小抹胸会不会掉下来。除此之外，我还要面带微笑并不断回答陈志朋每隔十秒来一次"冷不冷"的关切询问。我想，即使我回答一百遍他也不会相信，在这样的气温下穿成这样，正常人能摒得住？果然，那天我就摒出了内伤，一回到家立马支气管炎发作，咳了一天一夜。

晚上在家看书，看到胡适和他太太江冬秀那一节觉得分外有趣。说胡适有一张婚后的全家福，江冬秀端坐于太师椅上，颇有一家之主的风范，而胡适和儿子则规规矩矩地垂手站在旁边，胡适的目光中还透出几分惶恐，让人忍俊不禁。这张照片，可算是这个家庭权利配置最生动的写照了。胡适惧内是史上有名的。但一个堂堂的新文化运动的旗手，何以会惧怕一个目不识丁的小脚老太太呢？答案很简单，在胡博士的一生中他最看重的不是爱情，而是事业和国学大师的形象，离婚这种事是万万做不得的。所以，当他遇见了他这生最爱的曹成英时，他选择了摒住心中的激情。当他面对悍妻撒泼时，他选择了摒住心中的怒气，委曲求全。胡博士这一摒就是几十年，受的内伤可比我严重多了。据说，他晚年曾有过一番极为阿Q的"科学证实"，来为自己的"惧内"辩解，说全世界一百多个国家里，只有德、日、苏没有怕老婆的故事，所以凡是有怕老婆故事的国家，都是自由民主的国家；反之，则都是独裁和集权的国家。而他的"不净观"理论，更是充分证明了在情爱、婚姻，甚至对异性审美的精神领域中，他已经完全瘫痪了。

"摒住"不是一种自然状态。所以，时间一长必会产生恶果，小如便秘，大到窒息。但从出生起，不管你是胡适之这样的伟人，还是像我这样的常人，都不得不经常处于"摒住"的状态。尴尬的时候、得不到的时候、面对权势的时候、痛苦的时候、得意的时候、愤怒的时候、无奈的时候……摒住就是忍耐和克制。有趣的是，我们往往摒住"这种欲望"，是为了满足或得到"那种欲望"。为了得到时的快乐，我们吞咽了"不得不"的痛苦，谁说这不是一个公平的世界呢！

跟你说，听你说

　　经常会莫名其妙地哼一段旋律或一首歌，然后几小时甚至一天停不下来。有一天夜里，我就是这样不停地哼唱着陈淑桦的《梦醒时分》。这是我学会的淑桦的第一首歌，距离现在已经有十几年的时间了。最近这几年总会忽然惊觉，这个朋友是已经认识了十几年的老朋友，那本书是十几年前藏着的，这个歌手是十几年前喜欢过的……原来，自己也到了可以感叹"流年暗中偷换"的心境了。那种惆怅的心情恰似十来岁时读到苏轼的"但屈指，西风几时来。却不道，流年暗中偷换"。其实，却完全不同。所以，虽然已近午夜时分，我还是翻箱倒柜地找出当年买的陈淑桦的专辑想重温。可是我忘了，家里的卡座机已经坏了很多年，早已弃置不用了。

　　在你的成长过程中，总会有个人用他/她的美丽让你体味到性别之美。我第一次在电视上看到淑桦时，她剪了一头男孩式的短发，但长着一张柔美而精致的脸庞。很多事情都在改变，可是淑桦的歌从那时一直到现在都是那样不疾不徐、从从容容地、温柔婉约地唱进心里。那时候我几岁？十二还是十三？只记得忽然明白了，女生不是非要有一头长发才美丽，也不一定要打扮成男生的样子才算有个性。爱情的面貌可以有很多种，并非只有似琼瑶才算浪漫。而三十岁的女人原来可以那么美丽，变老也并非如想象中那么恐怖。从《女人心》到《一生守候》，从《爱的进行式》到《生生世世》，还有1995年的《淑桦盛开》。我慢慢长大了，越来越明白淑桦歌里的表达了，然而她却不唱了。1998年《失乐园》之后，陈淑桦淡出歌坛。

　　我们是怎样长大的？这是一个很难回答的问题。回首望去，长大的过程仿佛是跳跃式的，一点也不绵长。倏忽一声，我们就从肥嘟嘟的婴孩变成了现在的模样。

　　我已经不记得到底有多久没有听过陈淑桦的歌了。现在也许只有做怀旧节目的时候，才会有人记起这个在华语歌坛曾经流行了很久的女歌手。她是很容易被人遗忘的那种人，只是安静地唱歌，离开后就彻底无声无息。她又是很容易被人想念的那种人，人世间的爱恨情愁、悲喜交错曾经由一个那么温暖的声音对你娓娓唱来，在你孤独的时候怎能不一再地想起。我原以为做这一行就能圆小时候的很多梦想，譬如遇见曾用歌声抚慰和感动过我的人。结果，从1996年至今，最爱的那几个始终无缘碰面，有的甚至已经阴阳殊途。还好，那些歌总是在那里。五年、十年，在你需要的时候它们随时能给你共鸣和力量。

　　"此时此刻，无形的拥抱你感觉不到，但请相信只要你一挥手我们都会在你身边，这个感情永远不会变，因为我们都是曾经听你的歌声而快乐的人，这快乐一辈子也不会不需要。"用小虫对淑桦说的这句话作为结尾，因为这也是我想要说的。不仅仅是对淑桦，还有生命中许多曾遇见和错过的人。

老式情歌

　　"两个人在一起最理想的方式，是两个人都无恶不作，但是互相欣赏。彼此不用去顾虑对方的感受，但却甘之如饴、如沐春风。"我喜欢张洪量说的这段话，这是真正酣畅爱过的人才会有的体会。如果不是因为这张名字叫做《全世界只有你不知道》的精选集，我不会在夜里11点30分的时候，去研究关于张洪量的文案。

　　从未喜欢过作为歌手的张洪量，只买过他的一张专辑《情定日落桥》，还是读书时买的卡带，里面收录了那首后来在KTV里唱烂了的《广岛之恋》。奇怪的是，后来会喜欢这首歌居然不是因为张洪量的这张专辑，而是同样收了这首歌的莫文蔚的《TO BE》。我一直以为，我是很受不了这个男人的歌声的。听他唱歌，心上会生出一种难耐的痒。每首歌由他唱来都会变得忽忽悠悠，找不到准头。有人说张洪量、陈升、罗大佑是最不会唱歌的音乐人，后两者我颇有异议，但张洪量我举双手赞成。可是这张精选集却让我听了半夜，听的时候居然还能跟着哼出许多首歌。《罪人》、《难以捉摸你的心》、《心爱妹妹的眼睛》、《美丽的花蝴蝶》、《情定日落桥》，还有那首永远的《你知道我在等你吗？》。

　　那种熟悉是很玄妙的感觉。或许，在刚开始的时候你完全不认识它，只是有几个似曾相识的音符令你迷惑。但当高潮部分来临的时候，你会一下子被击中，在心中惊讶道："原来是它！"因为太多的记忆、太多的回想、太多的共鸣，心里突然会涌上一种微微有些窒息的酸涩感。张洪量说，爱情能够忘我。忘我不一定能够快乐，但至少，不会痛苦。或许，他就是这样生活着，为了爱情可以忘却一切，所以才能写出这样的情歌。我把他的情歌称为"老式情歌"。老式情歌唱的是认真、执着、不悔的爱情。你是否还记得，在我们成长的历程中，曾经历过一个"老式情歌"的时代？张洪量、陈淑桦、齐秦、潘越云、张艾嘉、蔡琴、张清芳、周治平、张信哲、优客李林……他们甜蜜、忧郁和惆怅的情歌，让我们幻想出极致的爱恋。我不知道这算不算一种毒害，就像当年看了太多的琼瑶，差点失去了正常恋爱的能力。亦舒说：我们想要的无外乎很多很多的爱，如果得不到，那么很多很多的钱也是好的，如果这也没有，那就只有保住很好的健康了。事实上，大多数的时候我们想保住不太糟糕的健康，也并不是件很容易的事。如果在我们的生命中有一次，哪怕就那么一次，有个人认真地对你唱：你知道我在等你吗？即使他是虚幻的，也会给你留下一丝温暖的记忆吧。

　　我从来没有想到，有一天张洪量会坐在我面前唱歌，距离不超过一米。唱的还是那首《你知道我在等你吗？》，声音还是那么忽忽悠悠。忽然明白了，为什么我总说不喜欢他的歌声，却记住了那么多他的情歌。他的歌声就像一个普通男子的歌声，不完美却认真，让你相信，幻想中的爱情从未破灭。

我们都是外星人

做我们这行最常抱怨的一句话就是——最近真是找不着一张能听的唱片！每星期我们都会收到各个城市邮寄来的新专辑，它们在我这里越积越多，多到只能把它们的外壳全部剥掉，然后套上塑料袋才能挤得进我那个已经不算小的唱片柜里。可是，每当我想挑一张可听的唱片时，它们就变成了一堆井然有序的垃圾。

我最近一直在听的一张唱片，据说在台湾才惨卖1.2万张，可我觉得很好。歌很好，唱得也很好，名字叫《七》，陈奕迅的国语精选。陈奕迅一直是个挺倒霉的人。唱功一致公认的好，好歌也唱了不少，可就是半红不黑。做人本分，从不闹绯闻，但偶尔出个花边新闻居然是摔伤了命根，要多尴尬有多尴尬！最近唱片约快到期了，本来准备和老东家谈谈价码，结果老爸出事财政吃紧，人家在商言商不念旧情还雪上加把霜。陈奕迅好坏还是张牌，既然谈不拢就转投他家呗，谁知对方一看新专辑才卖1万2，立即热脸转成了冷屁股。正应了一句老话——屋漏偏逢连夜雨！

有一次，和几位业内的朋友聊天，大大地推荐了一番EASON的《七》。结果，却遭来了一番莫名其妙的恶评。有个MM，平时是个挺正直的人，对音乐也颇有品位。这次不但不惩强扶弱，居然还表示极厌恶陈奕迅。问她理由，答得更莫名其妙！因为她觉得EASON的脸长得很色情！再问哪里看出了色情？答："鼻子，鼻子太大！"倒！照这种标准衡量，成龙不成了色情狂啦！可怜的陈奕迅！

去年，在上海碰到陈奕迅。第一次见面，很少遇到像他这种自来熟的艺人。做通告时也不刻意打扮，说话时会看着你的眼睛，回答问题很热情，临走时还要硬拉你和他合影。的确不太像个正常的艺人，但很可爱。如果工作中的每个艺人都像他一样，那我们的生活会变得更美好。

其实我同情EASON纯属多余。演艺圈就如同斗兽场，强者为王拼的不仅是实力，还有运气。前辈李克勤当年的经历和EASON颇为相似，但是坚持到底终于搭上了谭校长的末班车。老梅吐新香，男人四十一枝花。但是命运这件事不到末了，谁知道呢？或许能守到拨云见日，或许真要一条道走到黑。守，还是不守？在思考与选择之间，我们和陈奕迅都有成为哲学家的可能。

那天看完《黑衣人》，我一直在想——我们可能都是外星人！所以，你不太懂我，我也不太懂你。我们不懂怎样做人才滴水不漏，更不懂命运为何总在关键时刻，安排我们掉在坑里。

2002年的时候，我在上海遇见陈绮贞。约的采访地点是个商场的角落。那个地方本来经常用来开见面会，那个时期忽然变成了一个鬼屋。我们两人就搬了两把凳子在鬼屋前做采访。陈绮贞不紧不慢地说话，给我看她用来乱拍的LOMO相机，香港淘来的西洋唱片，还有她的那把很贵的吉他和弹吉他弹出的满手茧子。那是一次令我印象深刻的访问，两个人有一搭没一搭地闲聊，衬着的"音效"却是鬼屋里不时传来的尖叫声。后来，她送我一张签了名的新唱片《GROUPIES》。那张唱片在那一年跟我去了很多地方，夜里睡在很脏的长途卧铺车上，我喜欢听《躺在你的衣柜》，PIANO的那个版本。

7月很热很热的天，去美琪看陈绮贞主演的音乐剧《地下铁》。

赶去戏院之前正在做直播，兴高采烈地对老王说，终于有机会在上海听陈绮贞唱现场啦！结果，人家丈二和尚摸不着头脑，反问我说："陈绮贞是谁？"在上海和别人聊陈绮贞往往是这样的结果。刚开始我会沮丧，习惯了就只有可惜了。不是为陈绮贞可惜，而是为从未听过她歌的人可惜。这个世道，认真做音乐，做出来后还值得一听的人真的不多了。

陈绮贞是个奇怪的歌手。没有特别的包装，也不做什么宣传。自己写歌自己唱，自己压唱片，自己送到店里去卖。别人都想卖个几白金以证人气，她却自己给自己限量，就只发几千张，喜欢就得赶紧下手，否则就只能等着网上别人高价倒卖了。歌手做成这样，心里除了有自信的愉悦，更多的是恣意纯粹的快乐吧。

喜欢，大多数的时候没有理由，甚至莫名其妙。有人问我，陈绮贞的音乐真的有那么好吗？其实我也不确定。亦舒在写爱情的时候，总爱用"他是我的这杯茶"来形容找到MR.RIGHT的感觉。那个意思是说，或许别人都觉得这是一杯苦涩得难以入口的茶，但偏偏就是我爱的口味。喜欢一个人，往往出自两个原因。要不因为彼此相似，要不就是截然不同，而那个不同正是你想成为却无法成为的。

那部音乐剧版的《地下铁》并不好看。几米的作品只适合阅读，不适合观看。那些曾让我们思考和感动的词句，一旦化为言语便做作无比。虽然是音乐剧，导演挑的演员却都不怎么会唱，再美的音符一旦跑调气氛就有些尴尬了。而现场导演那天也兴奋得异常，时常有一个女人的高八度的狂放笑声从剧场后方的操控台后传出，令我数度受惊。整场演出与其说是出音乐剧，不如说是行为艺术，唯一身处其外的只有陈绮贞。她认真地说着每句台词，唱着每段歌曲。我不知道她的心里会不会有些失望，生活中，我们最常遇到的就是事与愿违。

其实，最陈绮贞的陈绮贞在她的那本名叫《不厌其烦》的书里。没有句读的喃喃自语，模糊的自拍影像，手写的分镜头剧本，约翰·列农的纪念邮票……

这个名叫陈绮贞的女孩，是一条隐藏暗流的小河。

镇静，镇静！以免高烧

每年一到放长假前的一个月，我就开始进入非常状态。床头放上已经快翻烂的《中国自助游》和《生存手册》，没事就点击各种旅游网站，存折就放在触手可及的地方，有空就把上面的数字颠来倒去以各种方式相加，妄想能凭空多出些来。当然身边那些有渠道买打折机票的朋友，在这段时间会受到我密集性的骚扰。

不知是因为兴奋过度，还是太过辛苦，每次在一切安排妥当即将出发之际，我都会大病一场。即使顺利抵达目的地，也总会遇上各种匪夷所思的事。今年年初去柬埔寨前，高烧一星期，直到上飞机前才退，咳嗽咳到哮喘。后来到了吴哥，上吐下泻，以为是疟疾，差点进了当地医院，回来的时候飞机又遇上了气流。去年去内蒙前，也是发了一场持久不退的高烧。我穿了一件薄绒衫到了坝上，结果才10月的天，人家那里已经大雪纷飞，后来窘迫到连睡裙都拿来当围巾了。那次的受冻经历令我终身难忘。最夸张的是，一路上居然还遇到了一个杀人犯和两个通缉犯！前者开着辆皇冠车，用250元的低价把我们从围场连夜送上了坝上。后者带着我们在渺无人烟的大草原上，策马狂奔了一个半小时！前年，从成都坐夜车上九寨沟，凌晨四点抵达沟口，气温零下五度，没有路灯，找不到旅店。冷自是不用说，最可怕的是因为地势过高，空气含氧降低，我头痛欲裂无法呼吸。那种难受程度，让人连死的心都存了。

一开始，朋友们对我的旅行方式都用"折腾"两个字来总结。每次出门前，我都会打电话给他们："如果这次能顺利回来我就请大家吃饭。"对我的这种临行留言，刚开始还真有人为我担心。后来每回见我大难不死神清气爽地回来，大家就开始深恶痛绝，认为我是故意对他们进行精神折磨。"折腾"的评价也就变成了"作死"二字。

事实上，我觉得我还真是个时常"作死"的人。我有咽喉炎和严重的支气管炎，每回受到辛辣的刺激，必定会在夜里咳得如开机关枪。尽管这样，每回提议叫湖南辣鸭颈外卖的总是我，而且非重辣不欢。我承认我是一个缺少自制力又不太愿意约束自己的人。不过和普通意义不同的是，对我来说，"作死"是手段和过程，目的却是为了"作活"！在城市里待久了，人会变得僵硬，对任何事情都不满足。每天即使衣食无忧，仍然不开心，所以我们需要一点点刺激。旅行是一种出走，打破惯性，自我放逐。在行走的过程中，你会发现一瓶纯净的水、一张干净的床、一顿廉价可口的晚餐都会令人高兴半天。快乐幸福有时是需要比较才有体会的。

现在我正啃着重辣鸭颈，边写稿子边浏览CTRIP。想着即将到来的十一长假，和火热计划中的南疆之行，我只能不断催眠自己——镇静，镇静！别太激动！以免高烧。

行李

好几年前和一个要好的女朋友去西塘玩，到了汽车站我吓了一跳，不过两三天的小游，女朋友居然拖着个出国用的拉杆箱来了。箱子里有好几套换洗的衣服，有带荷叶边的漂亮睡衣，有各种保养品和各类药物，甚至连针线包也带了！再看看我，小布包一个。因为是冬天，只带了换洗的内衣、袜子，外套、毛衣之类的又厚又占地方，根本就没想过要去更换。另外就是牙刷、牙膏、凡士林、钱。没了。女朋友的拉杆箱让我受了惊吓，我的小布包也给了她不小的刺激。最后她得出的结论是：我根本就是一个粗糙的男人！

今年我和同事去巴厘岛玩，到了机场所有的人都很奇怪地看着我，有个人问："你出国不带行李的吗？"我也很奇怪，举举手里的布袋说："这不是吗！"我再看看他们，都拖着仿佛要去美国留学的大皮箱，最夸张的是有人居然还拖了两个！这样一比较，我的布袋子真是小得有点变态。有个男同事观察了半天，做了结论："你今天的包，还没有你录影时背的那个大。"这倒是实话。不过，夏天出门不就是带几条T恤、短裤，哪里会需要那么大的皮箱？这个我想了一路的问题，等到了VILLA终于有了结论。我只能用震惊两个字来形容当时的心情。我的那些男同事们，有人七天的行程带了十四套衣服，足够每天换两套行头。有人不仅带了电动牙刷、吹风机，甚至还带了什么冲牙器之类的小家电。还有人带了CD、MD等各种娱乐产品，及几十卷的胶卷和六大盒碗面……而我可怜的小布包里，只有四条T恤、四双袜子、六包纸巾、洗漱用品、相机、钱。没了。我只能说，我根本就是一个比粗糙的男人更粗糙的女人！

可是，尽管如此，我想我还是没办法让自己变得精细起来。我不喜欢托运行李，总觉得这一托谁知道会不会运没了，所以我千万不能让我的包太大太重。我的记性不好，常常丢三落四，为了减少损失我只能带简单而必须的物品。我有恋物癖，用过的东西要是不见了我会沮丧很久，东西带得越多心理负担就会越重。我的体力不怎么充沛，太重的行李不仅扛不动，还会破坏我看风景的心情……我想要轻松上路，自由地走在陌生的别处，给如同扁掉的气球般的身体充足一身的力气。然后有勇气再回来，一头扎入如沼泽般的现实生活。

有人带上了所有，有人什么都不带，也许都是出自同一个原因。我们都有一点累了，有一点缺乏安全感，

十 年

在1993年的时候，我就想去看她了。

看到她的时候，却已是2003年的10月7日下午2时许。她长着欧罗巴人典型的面容，深目大眼，极长的睫毛，脸型小巧，尖尖的下巴。她有一头如海藻般的长发，发上插着一根长长的羽毛。时间久远，灰尘已紧紧地附着在了上面，但看得出那是一根经过精心挑选、曾经美丽得近乎完美的雉毛。她和以前一样做游牧打扮，兽皮制的外衣，长长的靴子。她在这片干燥的土地待得太久了，原本丰润的肌肤已完全脱水，肤色也由原来的白皙变为了褐色。不过，仔细观察你仍能看清肤质肌理。十指纤长，十片指甲仿佛仍留有淡淡的红晕。

每天，有很多人从她身边走过，或自言自语，或窃窃私语。每天，都有无数双眼睛贴近她，在1公分处观察她的全身，目光肆无忌惮，恨不得连那件快要脆裂的兽皮一并剥掉。她就这样躺在那里，一动不动，任人凌迟。这是她保持尊严的唯一方式。我的目光总是无法离开她紧闭的双目，我总有一种感觉，在夜里人声绝迹时，那双美目会睁开，在月光下闪烁出和三千年前一样的星光。她三千年前的爱人一直在她的身边，他们用比沉默更沉默的言语交谈着。

有人说，她是一个新娘，因为她的发间插着羽毛，在她生活的小城里，新娘都是如此打扮。我想，他们一定是弄错了。她以这个姿势躺下的时候，已经四十多岁了。成为新娘是二十多年前的事，那时她已经没有新娘的天真和娇艳了。她本不该再用这样的打扮，只是她所爱的他坚持，她的美丽和他爱她的心，永远停留在他们相遇的第一天，她是他永远的新娘。所以，她愿意用他所爱的打扮，等候下一个轮回。只是，他们都没有想到，有一天，她会离开永恒的黑暗，再度赤裸裸地曝露于阳光之下。轮回之路，戛然而止。

她现在躺在一个长方形的玻璃箱子里，铭牌上写着"楼兰美女"，她最终成为了供游客猎奇的千年干尸。

想来看你，已有十年。我说。

她一贯地沉默。十年对我已是沧海桑田，对于她十分钟或十万年并无差别，时间于她已无意义。家乡化作了荒漠，故人无从寻找，世上一切都与她无关。

不如化作尘土吧！我说。

她依然沉默。当我们无可为时，所能做的只有等待，一切总会走向它宿命的尽头。

下午3时许，我向她告别。不敢回头，昏暗中，她双颊深陷，面目诡异。她已不是当日楼兰的新娘，三千年后，她是找不到归宿的幽魂。

1993年冬天，我读到席慕容的诗《楼兰新娘》，我对自己说我要去看看她。2003年深秋，我在新疆维吾尔自治区博物馆的简易小楼里，看到了面目全非的她。

《楼兰新娘》

我的爱人 曾含泪 将我埋葬

用珠玉 用乳香 将我光滑的身躯包裹

再用颤抖的手 将鸟羽 插在我如缎的发上

他轻轻阖上我的双眼 知道 他是我眼中 最后的形象

把鲜花洒满在我胸前 同时洒落的 还有他的爱和忧伤

夕阳西下 楼兰空自繁华

我的爱人孤独地离去 遗我以亘古的黑暗 和 亘古的甜蜜与悲凄

而我绝不能饶恕你们 这样鲁莽地把我惊醒

只有斜阳仍是 当日的斜阳 可是

有谁 有谁 有谁

能把我重新埋葬 还我千年旧梦

我应仍是楼兰的新娘

你去过河边了吗?

去喀那斯的途中，遇见的每个人都说禾木是个好地方，值得一去。通往风景优美的路途大多坎坷。和偶遇的三个驴友租了辆吉普，连滚带爬到了那里。秋天的山，颜色是金黄的。漫山遍野的白桦和白杨，风一吹，金色的树叶缓缓坠落，落地无声。据说，在禾木村的旁边有一条小河，河的源头是额尔济斯河。河水是碧绿的，水温冰凉，清澈见底。这片风景是村里人的骄傲，他们遇见每个外乡人都会问："你去过河边了吗？"

住在一个哈萨克人的家里，老板为了迎接我们，下午特地用桦木给我们搭了一间简易厕所。木头与木头间的缝隙有半人宽，站在里面往外瞧，会发现你已经成了牛、羊、马、游客、村民眼里的风景。我想，或许老板也是出于好心，这样美的山涧景致，即使在如厕的时候也是不该错过的吧！只是可惜，这间看得见风景的厕所，只存在了短短两小时，后来被不解风情的牛羊给毁坏了。也许它们觉得奇怪，自古以来它们都是坦荡荡地吃喝拉撒，为何这些人要用几根木桩子遮遮掩掩呢？

住惯了零海拔的城市，高度略上升就反应强烈。不过一千多米的海拔，就已隐隐头疼。晚上，老板娘给我们做了一锅土鸡汤。鸡是好的，水也不错，但锅子用的是平时煮羊肉的，所以怎么喝都是一股子羊汤味。

夜里，满天繁星，气温很低，所有的东西都结了冰。有个驴友从喀什背了个西瓜，一路都没机会吃，再也不想负重前行。我们没等火炉升起来，就迫不及待地吃了起来。真是好瓜，甜而多汁。然后，不过五分钟，我的鼻子就塞住了。感冒是我最害怕的事，它能诱发我的支气管炎和哮喘。不敢大意，赶紧吃了药。有人借了我个睡袋，我戴上绒线帽，在高低不平的木板床上很快睡着了。

早晨，天还没亮，迷迷糊糊地醒来，听见老妹对同住的驴友说，今天我们不能去徒步了，因为我的状况不是很好。大家觉得很可惜，好不容易来了，却不能去看美丽的景致。有个人说起在西藏遇见的故事，说有个哥们，极想去西藏旅行。第一次去，一下飞机高原反应，立即晕了，送入当地医院，一出院就坐飞机回去了。第二次还去，一下飞机立马又进了当地医院。第三次，他说不信这个邪，锻炼了三个月身体再次入藏。一下飞机还是高原反应，又晕了！结果三次进藏，至今不知拉萨长什么样。看来万事万物都得讲究个缘分！

大伙一路笑着就走了。药效未过，我没等笑出声，又睡过去了。

那天早上，天放亮后，我挣扎着起了床，吃了一把药，擤了一百次鼻涕，终于还是去到了河边。我闻到了深秋的气息，触摸到了冰凉的河水，看见了金色的禾木。

一起去巴厘

　　有一阵子喜欢在节目里放侯湘婷的《一起去巴黎》，BOSA NOVA的曲风让人一听就变得慵懒起来，什么事都不想做，只想晒晒太阳吹吹海风。后来在上海遇见湘婷，她说她其实从来没有去过巴黎，她只去过一个叫巴厘岛的地方。巴厘岛是印尼的一个小岛，有海有沙滩，还有可以把苍白皮肤晒黑的太阳。偶然有个朋友随口问我有没有兴趣去巴厘？我也随口说："好啊！"然后，在上海正下着缠绵梅雨的6月，我来到了阳光灿烂的巴厘岛。

　　巴厘岛的一切都是慢慢的。飞巴厘的班机先是取消后来又误点，同行的朋友在深夜的候机厅里抑制不住地狂躁起来。隔着玻璃看见机场的工作人员闲闲地坐着聊天，问什么时候才能飞，他们总是客客气气带着微笑对你说："马上，稍等。"远远地看见帅气的机长和漂亮的空姐拖着行李箱慢慢踱步而来，不紧不慢并不觉得迟到是什么大不了的事。也许他们想，坐飞机的都是去度假的游客，本来就是去放松的，那就别像上班赶地铁那样急躁，一切都慢慢来吧！整个岛上没有工厂，没有高楼，当然更看不到穿戴整齐的OL。大家都趿着拖鞋，衣着清凉。许多人穿着比基尼只围个纱笼就在街上SHOPPING，也没人觉得奇怪。街道就连着海滩。海滩上有集团军式的当地手艺人在守候，你的脚刚沾到温热的沙子，他们就"轰"地一声涌了过来。有的帮你编辫子，有的在你身上画TATU，有的给你画指甲，有的向你推销饰品……刚开始你会有些惊吓，然后惊觉最该做的事是立即讲价。当地的小贩大多都是大婶，她们长着像外婆般慈祥的脸，但开出的价钱绝对让你有连头带脖子被斩得血淋答滴的感觉。不要着急，即使你是以一对四，死咬你的价钱慢慢磨，边砍边聊天，到最后总能握手成交。海滩边有情调的海鲜餐馆多的是，餐桌就在海边的沙滩上，点份柠檬水看夕阳西下，然后就着摇曳的烛光和澄澈的月光吃份烤螃蟹，远处还有人在唱BEATLES的老歌，只不过要享受这一切你需要一些耐心，太饿的时候不要去，否则超慢的上菜速度会让你饿死在浪漫的餐桌上。所有人到了巴厘岛，都会忘记速度的感觉，包括在全世界都最爱讲效率的麦当劳叔叔，收银机旁放着的计时器只是摆设，没有人当真用它去计算买份汉堡的时间是否真的在一分钟以内。全世界的计程车司机都是急性子，除了巴厘岛的。一条小巷两车交会，大家自觉停下微笑请对方先过。上海人看到这一切，都不约而同怀疑自己来到了外星球。

　　去过巴厘岛的人回来后都会有些失忆，在那里曾经是如何度过的呢？那些日子仿佛是轨道外的碎片。

　　一起去巴厘，在没有时间的日子里，遗忘。

1

9月底的时候，生了一场大病，先是鼻炎，后来转化为咽喉炎，再后来，就变成气管炎了。每天咳得像开机关枪，烧也总退不下去。当时心里很害怕，以为是肺炎。后来又听说了高枫的事，一个人在家吓得大把大把吞抗生素。实在扛不住了，终于去了医院。医生说是积劳成疾、感染病毒。肺炎虽然没染上，但也得在家养上十天半个月。那段日子，躺在床上的感觉是很幻灭的，因为，认清了自己不过是一个普通得不能再普通的人，从来都不是超级无敌神勇不倒飞天美少女。

我在心情不爽的时候，常常用一种消极的方式来排遣——逃跑。

我的方向总是往北。

经常有人会问，如果可以选择你最想成为什么？我的答案是树。一棵生长在北方的树，有笔直的树干和稀疏的叶子。它们身上有一种隐忍和沉默的气质，冬天的时候有最苍凉的表情。内心烦躁的时候，看看这些树，自然就安静了。

2

10月2日的傍晚，六点十分，我带着一小瓶盐精杨梅、一张陈绮贞的唱片和常用的旅行袋，开始了我北上的行程。这次的目的地是内蒙的坝上草原。

10月的天去北方的草原，真的不是什么好季节。乘了一夜的火车和一天的长途车，到坝上的时候已经是夜里八九点了。气温很低，已经零下。没有路灯，因为停电。满天的繁星也是在这个时候看到的。星空很低很低，很清朗，仿佛是冻住了。深深地吸一口气，有淡淡的草木清香。

住进了看到的第一家旅店，三层楼的房子。接待处的姑娘穿着在上海最冷的季节都用不上的棉大衣，告诉我们，有热水，没空调（事实上整个坝上都没有空调，冬天他们集体烧暖气片，每年10月15日开始，在这之前多冷你也只能自己扛着），标准间一晚上480元，不打折。没有办法在只穿了两件薄绒衫的情况下，再摸黑去找合适的旅店，也没有办法再多加一件衣服，因为身上的就是全部了。出发之前查过北京和承德的气温，都是十多度，忘记考虑这里不仅更偏北，而且海拔有三千多米。

房间还算干净，只是浴室里挂着的毛巾是湿的，桌上放着的茶杯里有冻住的可疑白沫。忽然电话铃响了，原来送我们上来的两个围场兄弟还等着带我们去吃饭。

3

对我来说，旅行中最有意思的事，不仅仅是看到不一样的风景，更重要的是人。

"帮主"和"十大青年"，是我在这次旅程中最先认识的两个妙人。"帮主"是我暗地里取的绰号，明里我尊称他为石老板。石老板四十岁左右，长相憨厚，小学毕业，现在北京和围场之间搞长途运输，有5辆长途客车，固定资产300万，据说是围场一霸。用他的话来说："只要在围场和坝上，没有我搞不定的事！"几个月前才从牢里出来。

"十大青年"是"帮主"的伙计，今年20岁，长相淳朴，小学毕业，据"帮主"介绍是"围场十大杰出青年之一"，由此我暗地里给他取了"十大青年"的绰号，明里我称他大哥，因为，无论我怎么解释，他认定我只有16岁。"十大青年"是我们去围场时乘坐的长途汽车的掌车，由此认识。也许是因为一车人里只有我们仨是外地人，引起了他的兴趣，一路上格外热情地找我们聊天。到了围场主动帮我们联系了他老板的皇冠车，以250元的超低价，连夜摸黑把我们送上了路。

　　从围场到坝上全是乌漆墨黑的山路，没灯，没人，没指示牌。一边是树林，一边是悬崖，弯曲的山道只有两车宽。"帮主"一边开车一边给我们介绍他在围场的光荣事迹。北方人都有极好的口才，一路听着笑声不断。但当他讲到在围场"消失"一个人是多么简单的一件事，并且无意中泄露了他的监狱经历时，我们就再也笑不出来了，我很清晰的听到自己头发竖起来时发出的摩擦声。当时，我就坐在"帮主"的正后方，一只手摸着车门把手，一只手攥着装盐精杨梅的瓶子，准备若有突变，先砸他后脑勺然后跳车。正在这时，不知谁问了一句："这山上有野兽吗？"只听"帮主"嘿嘿一笑："多得很，特别是狼，晚上还经常吃人呢！"忽然之间，我的气管炎就剧烈发作了，咳得天昏地暗止也止不住。

　　在这之后，"帮主"为了应付几个接近180度的弯道，不得不停止介绍他的英雄史，"十大青年"却紧接着聊开了。后半段的车程中，"十大青年"不断地和我们聊"缘分"这个话题，神态抒情，语气真诚，极富哲学感，搞得我们一头雾水。因为搞不懂他的意思，大家也就没怎么答茬。末了，眼看就要到坝上了，小伙急了，冲着我嚷了一句："要是看着好，咱就定了，你看咋样？"他这一表白，我好不容易才松弛的情绪，噌地又绷紧了。早听说北方人直爽，但没想到会爽成这样。情急之下，我也只能睁眼说瞎话了："大哥，真不好意思，我早定了，他不仅岁数比你大，人还比你高两头呢！"

4

　　以前看王小波的小说，他说，大多数的时候，我们中的都是负彩。我觉得有道理。

　　现在人们旅游，流行自找苦吃。我不是那种人，我从小娇生惯养，我希望旅游是一种享受。也许，正是因为我总那么想，所以，我的每一次出行都成了体力和意志的考验。

　　细数我的每次出行，无一例外都是状况频频，惊险不断。大学的时候去咸阳乾县，遇到地痞，差点回不来。后来，有一回冬天去九寨沟，午夜4点走在一片漆黑的山里，气温零下10度，没有人、没有旅馆，还莫名其妙地起高原反应，当时难受得就想死了算了。还有一年上峨眉山，回来的时候遇上一司机，夜里在没有路灯的高速上，把一辆浑身嘎吱作响的破夏利开到120码，那简直就是在地面上飞啊，没翻了真算是命大！

　　这回到坝上的第二天，我们租了一辆"城市猎人"，开始向内蒙挺进。开车的是个二十多岁的小伙，长得像李亚鹏。小伙人挺实在，看我们大老远的从南方赶来，就想着法儿让我们玩好了。经过一路的狂颠——用狂颠描述毫不夸张，当时因为没有抓的把手，我就抱着"李亚鹏"的司机座靠背。结果，在半道上，这靠背就随着我的颠簸被拔下来了。我们在"将军泡子"停了车。据"李亚鹏"介绍在这骑马便宜，正说着，就有一年轻的蒙族妇女上了车。妇女称马匹在不远处等我们，她会带领我们过去。"李亚鹏"问："往哪开？"只见妇女伸出一根被冻成胡萝卜状的手指，往前一指："那！"

旅游别找我 | **139**
私奔去远方

在这里要解释一下当时的地形状况，真实的草原，和我们的想象是有差距的。它不是完全一望无际的平坦，而是有许多光滑的丘陵组成。妇女所指之处，正是一座颇有高度的丘陵。"李亚鹏"和我们看着那座小山都有些犹豫。"李亚鹏"问："大姐，能行吗？"妇女答："没事，上！"结果，我们就上了。我想，如果上天再给我一次机会，我一定会对那位大姐说"不"。

那座山的坡度，远看时颇为平坦。但当你身处其上，探头观察，你会发现坡面与地面几乎呈90度。如果，当时你把头转向后方，同时发现，坡面的一段忽然消失，与地面落差有几十米并呈悬崖状，并且这时车又忽然熄火了，我不知道你的反应是否会和我一样——除了尖叫别无选择。这时大姐到底是大姐，不仅处惊不变，还安慰我们说："没事，翻不了，这车就是越野用的。"这次没有车毁人亡，我打心眼里觉得是一个奇迹。那么陡的山坡，那么尖的山顶，那么豪迈的蒙族妇女，怎么那么巧就碰一块了呢？只能暗自庆幸自己乘的这辆车的性能真不错！我想这次翻山头的经历我一定毕生难忘。

5

我从坝上回来之后，约了朋友吃饭，顺便讲了讲旅途趣闻。在座有位朋友和我一起去过韩国旅游，我给她留下了较恶劣的印象——吃饭百般挑剔，游玩无精打采，毫无组织性纪律性。回来之后，扬言再也不和我一块去旅游了。这回对我能从坝上这种条件艰苦的地方顺利回来，还兴高采烈，觉得特不可思议。

事实上，原因很简单，韩国游是我第一次跟团出游。每天除了乘飞机就是坐巴士，基本上是做了一次韩国交通航运的实地考察。自此之后，更坚定了我背包走天下的基本方针。

实际上，但凡经常听我旅游故事的朋友都不愿做我的旅伴，因为他们觉得没有安全感，任何莫名其妙、稀奇古怪的事在我身上都有发生的可能性。我有个特好的朋友她曾经不信这个邪，有一年就和我一块去了西塘。她想西塘这种地方总不会有问题吧。结果，我为了浪漫硬选了一张不知几百年的古代老床，让她做了一夜的噩梦不算，第二天一大早还拉着她爬上了一辆已经开动的火车，为了去杭州找三生石。回来后我一再解释真不是故意的，可她说，就是因为不是故意的才最可怕。现在她是死也不愿单独和我跨出上海半步了。

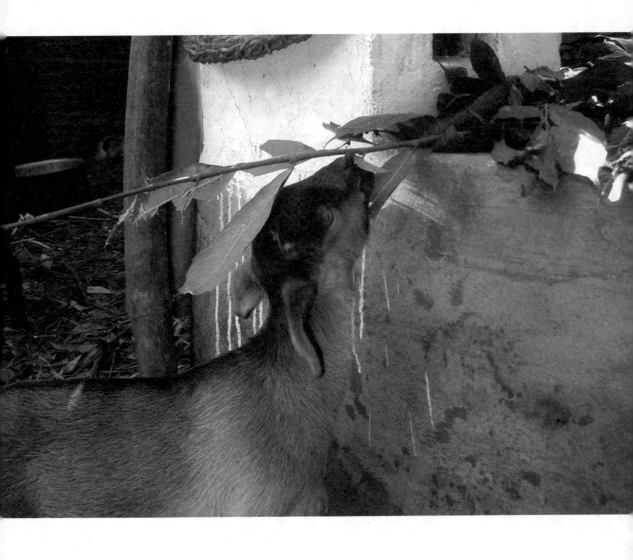

辞 旧

　　我妈最大的嗜好就是扔东西，特别是在过年的时候。过期的报刊、旧的衣物、过时的摆设都是她的目标。而我最大的嗜好是藏东西，过期的报刊、旧的衣物、过时的摆设也都是我的目标。所以我特别害怕过年，每逢此时我俩必是一场恶战！

　　星相书上都说，处女座的人有强烈的洁癖，有时强烈到神经质的程度。我是处女座，但我喜欢收藏垃圾——小时侯的玩具、小学课本、读书时同学送的生日礼物和圣诞卡片、旧的信笺、日记、用过的发饰，有时甚至是一张不知当时是做什么用的纸片。我有一个像垃圾桶一样的箱子，里面什么都有。因为放的都是旧东西，妈妈就把它扔在了阳台上。结果，除了这些我多年积累下来的破烂外，还多了一窝蟑螂。看来星相、血型、算命有时也不是百分百精准。

　　对于我的这种"恋旧物"癖，无论我和我妈怎么努力都无法矫正。记得有一次过年大扫除，我妈趁我不在翻出了我藏在箱子里的小学课本，便一股脑扎成一堆扔垃圾桶里了。我发现后和她大吵一顿，眼泪汪汪地把它们从垃圾桶里扒拉出来又扛回了家。我总觉得除了生物和植物外，每个物件都是有生命和脾性的，特别是那些和自己相处过的东西，一旦有过交集，它们就成了生命的一部分。它们曾经感受过你的体温，记录过你的思想，体味过你的情绪，承载过你赋予它的意义。现在，你怎么能够因为时间的流逝，面貌的变换，用实用主义的标准来衡量它们的价值，决定它们的命运呢？

　　在这个城市里，有很多恋旧的人。一个包包用六年，因为习惯它在肩上的摩擦感。手机键盘字母已被磨光还不愿换，因为怕没有物尽其用令它伤心。银镯子的式样早已过时，但这是太奶奶的遗物怎么也不能脱下。曾经爱过的人如今已没有交集，但在他生日的那天，总不忘在零点零一分发条短信对他说"生日快乐！"

　　恋旧的我们人生之路势必辛苦。因为，我们背负了太多的包袱，有太多的羁绊和太柔软的心。

刺激

少年狂

能够认识她，实在是很快乐的事情，但这种快乐里常会包含着一些尴尬之类的负面的情绪，或许将这种快乐说成是刺激会更准确一些。

认识她是在一个饭局上，当然是一大群人，在鸡飞狗跳中，见识了一个后来自称曾经自闭过的话唠。然后在半生不熟中，她的形象被我定位在一个爽快的聪明的但总有点大大咧咧的这么一个女孩子。再后来因为几次小合作，算是朋友了。我的朋友不多，既然我觉得这个朋友有点缺心眼儿，那我就得直言相告。我没想过会不会得罪她，因为，怕得罪的朋友，不要也罢。直言相告后，换来的是她和我言简意赅的讨论，让我意识到这个话唠其实只在一定的场合需要瞎扯的时候才会发作，回想到谈正事的时候，每次她总是能简明扼要地抓住重点。而大大咧咧也只是她的表象，没有大大咧咧的人能写出她这样的文字。至此，这一事件圆满结束，我们没有因为我的直言而反目成仇，就像童话里的王子和公主战胜了恶魔……可她偏偏还没完，她也要直言相告我一些话，说我这种表现是心理年龄偏大的特征，是唠唠叨叨的前奏，是好为人师的典型，总之，我的心理年龄已经远远大于实际的生理年龄，如不及时关注，生活、工作都会受到影响，到时将后悔莫及云云。本来挺好的结局，就此粉碎，以致不到三十的我，拜她的提醒所赐，忽然对年龄开始敏感了起来。知道为什么童话里总是王子和公主一战胜恶魔就结束了吗？因为后面的内容总是现实得过于刺激，那不属于童话的范畴。

我一开始就说了，和她在一起，刺激是不会少的。比如一起吃饭，她会点个清炒苦瓜作为唯一的素菜，在恭维了这种食物一大通之后，会强令你将这一盆吃光。再比如当你正在办公室忙得四脚朝天、怨声载道的时候，她给你来个电话说正在去某某湖光山色处的路上……

但是我要说，我很珍视她所给我带来的这一切——说是快乐或是刺激都行。面对她，就好像照着一面镜子，看到自己在不知不觉中作茧自缚；又好像看到一扇窗口，发现去恣意生活的可能。

不离不弃

陈蔚

白云好远，阳光弥漫，兜兜转转，岁月静好。

转眼就是一个十年。整整十年，我认识周丫。

这条路究竟有多远？

谁能够永远不变地勇往直前的呢，谁又是真的坚定得可以驻守一辈子。

谁又将成为路人。

或许很多年以后，邂逅在某个地方，当年的春衫少年，已经受过岁月的洗礼，一切都得以沉淀，发白，洗练。或许沉痛，或许欣慰，或许相对执泪。

感激，我已经遇见了周丫。

我始终那般深刻地记得初见她，那个绵绵细雨的早春日子，她穿了她母亲未嫁时的绸袄出来，宽宽的双袖，盘花斜襟的排扣，绣花滚边，如缎的发上别着一支翠玉的簪，那只银镯，闪着温润的光，滑动在宽袖里露出的一小段白皙的手腕上。

仿若立在秋水之上的伊人，那种心魂将前尘往事，清冷明媚，郁郁坚守时间的奢靡，都集中到了一处，透出一种拒绝俗世的美艳，渐渐积蕴成一泊水潭。

这是十七岁的周丫。

此后漫长的十年，我们即便身在同城，仍然继续着书信往来。厚厚的一扎，各色的信纸信封，或潦草或工整的字迹，如今这些信笺静静地躺在那里，仍能感觉到一种温暖，相扶与依赖，眼中闪过的影子，仿佛嗅出空气中淡淡的丁香气氛。

期间，我们各自经历着一次又一次的告别与成长。无数次相约在真锅或是星巴克，料理或是麻辣锅，无数次拥有彼此的喜怒哀乐。她仍是那般骨感，修长，有弯月的眼睛，神情若即若离。我说瘦是一种理智而克制的美，她不置可否。我们在高中的最后一年成为同桌，两人都在上课的时候天马行空，一个在纸上涂鸦文字，或者纯粹练习把自己的名字签成各种各样，一个则在书页上画仕女图，然后旁若无人地哼歌。

　　樱桃红了芭蕉绿了，天蓝云碧，热带的空气里有荼蘼的窒息，淋漓畅快的汗水，还有蝉的叫鸣，飞鸟掠过的背影。10年后，我与她去南方泽国旅行，盎然的绿色深处，那些石头垒起来的宫殿，偶尔出没的一两个僧侣橙色的身影，雨季的海子飘动着斑斓的光影，一缕熏烟的奇香，袅袅不息。我看见夏天的绚烂与迷离，透过周丫的白纱裙，缀满灿烂的夏花，黑发直泻，在丛林某处，彩虹的尽头，蝴蝶飞过处，洒下一串清脆的笑声，晃动过一个苍穹流年。

　　曾经，皮肤吹弹欲破，面容姣好。

　　曾经穿着水果色的衣服，一笑花枝乱颤。

　　曾经她的西班牙，我的西藏。

　　而今9月授衣，现世安稳，明眸皓齿，云鬓精致。

　　隔着电视屏幕看她盈歌笑舞，捧一杯茶读她的书，喝一碗她煲的靓汤。这是一种弥漫在举手投足间的幸福。

　　很快就会再过去数个十年，风停了，过去的只不过是时光而已。

　　如许经年，我们不离不弃。

2004.9.15

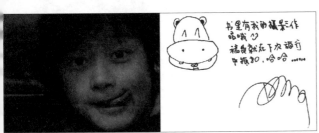

图书在版编目（ＣＩＰ）数据

私奔去远方／周瑾著．—上海：上海书店出版社，
2005.7
ISBN 7-80678-351-2

Ⅰ.私... Ⅱ.周... Ⅲ.散文－作品集－中国－当
代 Ⅳ.1267

中国版本图书馆CIP数据核字（2004）第136299号

私奔去远方

著者	周瑾
责任编辑	张旭辉
技术编辑	张伟群
装帧设计	沈力 张莉
照片拍摄	周瑾 周琦 沈力
出版	世纪出版集团 上海书店出版社
发行	上海世纪出版集团发行中心
地址	上海市福建中路193号 200001
	www.ewen.cc www.shsd.com.cn
经销	全国各地书店
开本	787×1092 1/16
印张	10
版次	2005年七月第一版 2005年七月第一次印刷
书号	ISBN 7-80678-351-2/I·26
定价	28.00元